曹海東注譯
李振興校閱

新譯燕丹子

三民書局印行

國立中央圖書館出版品預行編目資料

新譯燕丹子／曹海東注譯.--初版.--
臺北市：三民，民84
面；　公分.--(古籍今注新
譯叢書)
ISBN 957-14-2223-1（精裝）
ISBN 957-14-2222-3（平裝）

857.45　　84003677

新譯燕丹子

注譯者　曹海東
校閱者　李振興
發行人　劉振强
著作財產權人　三民書局股份有限公司
發行所　三民書局股份有限公司
地　址／臺北市復興北路三八六號
郵　撥／〇〇九九九八－五號
印刷所　三民書局股份有限公司
門市部　復北店／臺北市復興北路三八六號
重南店／臺北市重慶南路一段六十一號
初　版　中華民國八十四年七月
編　號　S 03104①
基本定價　叁元貳角
行政院新聞局登記證局版臺業字第〇二〇〇號

ISBN 957-14-2223-1（精裝）

刊印古籍今注新譯叢書緣起

劉振強

人類歷史發展，每至偏執一端，往而不返的關頭，總有一股新興的反本運動繼起，要求回顧過往的源頭，從中汲取新生的創造力量。孔子所謂的述而不作，溫故知新，以及西方文藝復興所強調的再生精神，都體現了創造源頭這股日新不竭的力量。古典之所以重要，古籍之所以不可不讀，正在這層尋本與啟示的意義上。處於現代世界而倡言讀古書，並不是迷信傳統，更不是故步自封；而是當我們愈懂得聆聽來自根源的聲音，我們就愈懂得如何向歷史追問，也就愈能夠清醒正對當世的苦厄。要擴大心量，冥契古今心靈，會通宇宙精神，不能不由學會讀古書這一層根本的工夫做起。

基於這樣的想法，本局自草創以來，即懷著注譯傳統重要典籍的理想，由第一部的四書做起，希望藉由文字障礙的掃除，幫助有心的讀者，打開禁錮於古老話語中的豐沛寶藏。我們工作的原則是「兼取諸家，直注明解」。一方面熔鑄眾說，擇善而從；一方面也力求明白可喻，達到學術普及化的要求。叢書自陸續出刊以來，頗受各界的喜愛，使我們得到很大的鼓勵，也有信心繼續推廣這項工作。隨著海峽兩岸的交流，我們注譯的成員，也由臺灣各大學的教授，擴及大陸各有專長的學者。陣容的充實，使我們有更多的資源，整理更多樣化的古籍。兼採經、史、子、集四部的要典，重拾對通才器識的重視，將是我們進一步工作的目標。

古籍的注譯，固然是一件繁難的工作，但其實也只是整個工作的開端而已，最後的完成與意義的賦予，全賴讀者的閱讀與自得自證。我們期望這項工作能有助於為世界文化的未來匯流，注入一股源頭活水；也希望各界博雅君子不吝指正，讓我們的步伐能夠更堅穩地走下去。

新譯燕丹子 目次

導讀

《燕丹子》是我國現存較早的一部古代文言小說，其內容是記述戰國時期燕太子丹，派遣荊軻行刺秦王（即後之秦始皇）的故事。就小說言，《燕丹子》在敘事記言、狀物寫景、議論抒情以至塑造人物形象、表現人物性格等方面，均顯示了高超的技巧，因而在我國小說發展史上，占有相當重要的地位。

一、關於《燕丹子》的作者問題

就現今所見到的《燕丹子》傳本來看，大都不著撰寫人的姓名，故其作者難以詳考。前人所修的一些史志目錄，如五代後晉劉昫等人撰寫的《舊唐書・

經籍志》、北宋歐陽修主撰的《新唐書・藝文志》，題《燕丹子》的作者為燕太子，這是不可據信的。對此，我們只用古本《燕丹子》裡的一句話就可予以證明。宋人編有《太平御覽》，其中〈服用部〉引用《燕丹子》有「秦始皇置高漸離於帳中擊筑」的話（今本《燕丹子》無此語，可見今本於古本原文有缺）。既然文中出現了「秦始皇」字樣，則表明《燕丹子》是秦滅燕國，即公元前二二二年以後的作品，因為「始皇」之稱，是在秦滅燕國的第二年，即秦國統一天下以後才有的（見《史記・刺客列傳》）。既然《燕丹子》是秦滅燕國以後的作品，那麼，把《燕丹子》的作者看成就是燕太子丹，顯然是錯誤的。這道理很簡單，因為燕太子早在秦滅燕國之前的公元前二二七年，就被秦軍誅戮於薊城（見《史記・秦始皇本紀》），所以他不可能寫作秦滅六國以後的《燕丹子》。今天，我們如果根據《燕丹子》的內容推測其作者的話，《燕丹子》應是在當年燕國長期生活過的燕國人的作品，因為，此書記敘荊軻等人在燕國範圍內的事跡十分詳盡、具體，例如，對太子丹一行在易水為荊軻、武陽送別的情形，就寫得非常細緻；相對而言，對荊軻等人在秦地的活動的描寫，就顯得很粗簡了。

例如，荊軻進入秦宮刺殺秦王的具體經過，對照《史記》的記述看，《燕丹子》就少了很多細節描寫。這種情形的出現，只能說明《燕丹子》的作者對燕國的情況比對秦國的情況要熟悉得多。故從情理上說，《燕丹子》應該是當時代的燕國人所作。清代著名學者孫星衍曾得紀曉嵐的傳抄本，整理校訂了《燕丹子》一書，並撰有一篇〈燕丹子敘〉。孫氏在這敘文中指出，《燕丹子》很可能是燕太子丹的門客的手筆，並認為太子丹身亡謝世以後，其門客為了報答太子的知遇之恩，乃記錄遺事以成是書。我們認為，這種看法不無道理，是值得參考的。

二、關於《燕丹子》的成書年代問題

對於《燕丹子》的成書年代，很多學者曾作過考證，但意見頗不一致。有人認為該書作於秦漢之間。如《文獻通考．經籍考》引《周氏涉筆》說：「今觀《燕丹子》三篇，與《史記》所載皆相合，似是《史記》事本也。」既然認為《燕丹子》是《史記》事本，那麼也就是認為《燕丹子》是作於秦漢之間。

後來明代學者宋濂在《諸子辨》中武斷地說：《燕丹子》三卷「決為秦漢間人所作無疑」。有的人認為《燕丹子》是漢末之時的作品。如，明胡應麟《少室山房筆叢》卷三十二〈四部正譌〉說：「《燕丹子》三卷，……余讀之，其文彩誠有足觀，而詞氣頗與東京類，蓋漢末文士因太史〈慶卿傳〉增益怪誕為此書，正如《越絕》等編，掇拾前人遺帙，而託於子胥、子貢云爾。」還有人認為此書成於宋、齊之際。如，清人李慈銘在《越縵堂讀書記》中說：「孫氏謂審是先秦古書，誠未必然，要出於宋、齊以前高手所為。」近人羅根澤著有〈燕丹子真偽年代之舊說與新考〉（載《古史辨》），認為此書是後出的偽作，其成書年代大約在蕭齊之時。他說其成書年代「下不過梁」，可以梁庾仲容《子鈔》目錄為證；成書年代「上不過宋」，這是因為裴駰《史記集解》未曾提及。總之，關於成書年代問題，眾說紛紜，莫衷一是。我們認為，因目前所能見到的材料有限，要確切指出該書的寫作時間，是十分困難的，只能大致限定其成書時間。然則，上引諸說中究竟哪一說較為精當呢？我們認為，除了秦漢古書說較可取外（但此說限定的時間似乎太籠統，還可稍微確切些），餘說均有值得商榷之處。我們根據前引古本《燕丹子》中「秦始皇置高漸離於帳中擊筑」的話，再參照《史記·刺客列傳》中「秦卒滅燕，……其明年，秦併天下，立號為皇帝。……高漸離變名姓，……聞於秦始皇。（秦始皇）使擊筑」的記載，可以推斷《燕丹子》成書年代的上限在秦併六國以後；而根據《燕丹子》對秦王「虎狼其行」的斥責及其所流露出的同情、讚美荊軻刺秦王的強烈情緒看，《燕丹子》當是秦王朝覆滅之前的某位文人，在全國為暴秦所苦的情勢下創作的；再者，《燕丹子》文辭古雅，敘事簡約，風格很近似成書於秦、漢以前的《左傳》、《戰國策》，故《燕丹子》的成書年代的下限，應是秦亡之前。將上述成書時間的上限和下限結合起來看，我們大致可以作出這麼一個結論：《燕丹子》是秦王朝統治的十餘年間的作品。

三、關於《燕丹子》是否是割裂古書雜湊而成的偽書問題

《燕丹子》一書，最早著錄於唐魏徵主修的《隋書・經籍志》。在此以前，不見於其他任何私家或官方纂修的圖書目錄，即使像劉向《七略》、班固《漢書・藝文志》這類影響廣泛的目錄也不曾提及。因此，歷來不少人懷疑、甚至斷定《燕丹子》是偽作。如，清代學者馬驌在其《繹史》中就說：「《燕丹子》書，偽作也，尤多譌脫。」清人紀曉嵐等人撰《四庫全書總目提要》，不僅認定《燕丹子》是「割裂諸書燕丹、荊軻事雜綴而成」的偽作，而且還認為「其可信者已見《史記》，其他多鄙誕不可信，殊無足采」。依照這些人的看法，《燕丹子》就是錯謬百出、東拼西湊的假古董了，沒有什麼價值可言。我們認為，清代學者的這些看法，完全是一種偏見，他們說《燕丹子》是「偽作」也罷，「不可信」、「無足采」也罷，純是對文學作品和歷史著作各自不同的特質，缺乏了解和分別的一種迂腐之見，他們錯誤地將本是小說的《燕丹子》當成了歷史著作，並以歷史著作必須遵守的實錄史事，以求真信的寫作原則來衡量、品評《燕丹子》，因而得出「鄙誕不可信」、「多譌脫」的結論，進而推斷此書是後人割裂諸書雜綴而成的一部偽作。殊不知，《燕丹子》為一部較為成熟的小說作品，它所追求的是藝術的真實而非歷史的真實。要追求藝術的真實，自然是可進行適當的誇張、合理的虛構、藝術的加工的。至於在真人真事的基礎上，以想像、虛構、誇張等方式進行藝術描寫，亦是無可厚非的。因此，《燕丹子》中像紀曉嵐等人所詬病的不見於《史記》中的許多「鄙誕不可信」的情節，諸如「烏白頭、馬生角」、膾千里馬肝、截美人好手、秦王乞聽琴聲之類，雖然不合事理，或與史實相違，但它們卻正是促使《燕丹子》成為小說的重要因素，因為它們體現了小說創作的藝術虛構和藝術誇張的基本特徵。故此，那些將《燕丹子》與史書記載比照，而認為《燕丹子》多有錯謬失實之處，進而斷其為偽書的人，顯然是荒唐可笑的。既然「鄙誕不可信」、「不足采」的說法不能成立，那麼，說《燕丹子》是「割裂諸書燕丹、荊軻事雜綴而成」的偽作，是否就正確呢？答曰：否！如果以最早記述荊軻、燕丹之事的有關書籍作參照，就會發現，「割裂諸書……雜綴而成」之說亦是難以令人信服的。

首先，如果說《燕丹子》是「割裂諸書燕丹、荊軻事雜綴而成」的偽作，那麼它首先就應該割裂、雜取《戰國策》、《史記》的有關記載，因為它們是最早、最完備地記敘了「燕丹、荊軻事」的古書。如果說《燕丹子》割裂、雜取了《戰國策》、《史記》的材料，那麼，這兩書中的很多重要內容就應當在《燕丹子》中充分體現出來。但是，將《燕丹子》與這兩書比照一讀不難發現，《史記》、《戰國策》中有關燕丹、荊軻事跡的很多重要的有意義的記載，並沒有在《燕丹子》中充分反映出來。例如，《史記・刺客列傳》寫荊軻，用了約四百字的篇幅記敘荊軻的出身、往事；而這麼多文字卻不見於《燕丹子》。又如，《史記・刺客列傳》寫太子丹，一開始就用了如下文字作交代：

燕太子丹者，故嘗質於趙，而秦王政生於趙，其少時與丹歡。及政立為秦王，而丹質於秦。秦王之遇燕太子丹不善，故丹怨而亡歸。

《史記》在這裡追敘了秦王少小之時與太子丹相處甚歡的經歷，並以此與日後秦王待丹無禮的事實相對照，就揭示了「丹怨而亡歸」、圖謀報復的深刻原因。然而《史記》這段追敘往事的重要文字，卻不載於《燕丹子》。再如，《戰國策》中寫燕丹子派荊軻行刺秦王，還交代了這麼一個重要情節：

於是太子預求天下之利匕首，得趙人徐夫人之匕首，取之百金，使工以藥淬之。乃為裝遣荊軻。

這個情節的交代，對於表現太子丹復仇之心的堅決和強烈，能產生很大的作用。但《燕丹子》對此情節就根本不曾提及。不僅《史記》、《戰國策》裡的很多重要內容為《燕丹子》所無，而且《燕丹子》中的很多材料，亦為《戰國策》、《史記》所缺，甚至為秦漢以來記載「燕丹、荊軻事」的諸書所缺。如，田光進見太子丹，《燕丹子》花了較長篇幅記述其事：

田光見太子，太子側階而迎，迎而再拜。坐定，太子丹曰：「傅不以蠻域而丹不肖，乃使先生來降弊邑。今燕國僻在北陲，比於蠻域，而先生乃不羞之，丹得侍左右，覩見玉顏，斯乃上世神靈保佑燕國，令先生設降辱焉。」田光曰：「結髮立身，以至於今，徒慕太子之高行，美太子之令名耳。太子將何以教之？」太子膝行而前，涕淚橫流曰：「丹嘗質於秦，秦遇丹無禮，日夜焦心，思欲復之。……」田光曰：「此國事也，請得思之。」於是舍光上館，太子三時進食，存問不絕。如是三月，太子怪其無說，就光，辟左右問曰：「……先生豈有意歟？」田光曰：「……太子聞臣，時已老矣。……欲奮筋力，則臣不能，然竊觀太子客，無可用者：夏扶，血勇之人，怒而面赤；宋意，脈勇之人，怒而面青；武陽，骨勇之人，怒而面白。光所知荊軻，神勇之人，怒而色不變。……太子欲圖事，非此人莫可。」

這裡，《燕丹子》對田光進見太子的經過寫得十分詳盡，前後用了五百餘字的篇幅。對此，《史記》只用了一百餘字進行敘說：

太子逢迎，卻行為導，跪而蔽席。田光坐定，左右無人，太子避席而請，曰：「燕、秦不兩立，願先生留意也。」田光曰：「臣聞騏驥盛壯之時，一日而馳千里；至其衰老，駑馬先之。今太子聞光盛壯之時，不知臣精已消亡矣。雖然，光不敢以圖國事，所善荊卿可使也。」太子曰：「願因先生得結交於荊卿，可乎？」田光曰：「敬諾。」即起趨出。

將這段文字與上引《燕丹子》中的一段稍作比較，不難看出，《燕丹子》中很多材料，像「太子側階而迎，迎而再拜」、「太子三時進食，存問不絕」等等，都是《史記》所沒有的；此外像上引《燕丹子》中提到的兩個人物：夏扶、宋意，在《戰國策》和《史記》中，也不曾提及（夏扶、宋意這兩個人物，還在《燕丹子》所寫的易水送別的場面中同時出現過：「高漸離擊筑，宋意和之，為壯聲，則怒髮衝冠；為哀聲，則士皆流涕，二人皆升車，終已不顧也。二子行過，夏扶當車前刎頸以送二子。」而在《戰國策》、《史記》所寫的易水餞別場面中則不見這兩個人物）。

就是對同一情節的敘寫，《燕丹子》與《戰國策》、《史記》兩書相較，也存有很大的差異。如，對荊軻在秦宮刺殺秦王的情景，《燕丹子》與《戰國策》、《史記》都作了描寫。《史記》作者司馬遷根據「具知其事」的目擊者夏無且提供的材料，對荊軻行刺秦王的場面作了如下的描寫：

> 秦王發圖，圖窮而匕首見。因左手把秦王之袖，而右手持匕首揕之。未至身，秦王驚，自引而起，袖絕。拔劍，劍長，操其室（按室者，劍鞘也），時惶急，劍堅，故不可立拔。荊軻逐秦王，秦王環柱而走。群臣皆愕，卒

起不意，盡失其度。……是時，侍醫夏無且以其所奉藥囊提（按提者，擲也）荊軻也。秦王方環柱走，卒惶急，不知所為，左右乃曰：「王負劍！」負劍，遂拔以擊荊軻，斷其左股。荊軻廢（按廢者，殘廢也），乃引其匕首以擿（按擿，同擲）秦王。不中，中銅柱。秦王復擊軻，軻被八創。

對荊軻刺殺秦王的場面，《燕丹子》所作的描寫則與《史記》有所不同：

秦王發圖，圖窮而匕首出。軻左手把秦王袖，右手揕其胸，數之曰：「足下負燕日久，貪暴海內，不知厭足。於期無罪而夷其族。軻將海內報讎。……從吾計則生，不從則死！」秦王曰：「今日之事，從子計耳。乞聽琴聲而死。」召姬人鼓琴。……軻不解音。秦王從琴聲負劍拔之，於是奮袖超屏風而走。軻拔匕首擲之，決秦王耳。入銅柱，火出燃。秦王還，斷軻兩手。軻因倚柱而笑，箕踞而罵曰……。

比較上引兩段描寫荊軻行刺秦王的文字，我們可以看到：這兩段不僅在文字表述上迴然有別，而且在內容上也至少有兩點不同之處：

(一)、《史記》所記的秦王，根本沒有受傷，因為荊軻擲出的匕首「未至身」；而《燕丹子》所寫的秦王則傷及耳朵。

(二)、《史記》所記的荊軻，在謀刺秦王時完全處於劣勢，一直是被動挨打，他一開始沒有用武力扼制住秦王，以致被秦王「斷其左股」，進而被連砍八刀。而《燕丹子》所寫的荊軻，在刺擊秦王的過程中，一開始就取得了主動地位，他一上來就制服了秦王，致使秦王無力反抗，他還義正詞嚴地歷數秦王的罪行。因而這荊軻被描寫得無比的神奇、英武。

此外，《燕丹子》中的荊軻行刺失敗，也並不像《史記》所表現的那樣，是因為魯莽無能，而是因為他在足以置秦王於死地的時候掉以輕心，導致反勝為敗。

由上看來，《戰國策》、《史記》裏有關荊軻刺秦王的材料有很多是《燕丹子》沒有的，而《燕丹子》所載的「燕丹、荊軻事」也遠遠超出了《戰國策》、《史記》記載的範圍。如此現象，只能說明《燕丹子》不是割裂、撮取古書記載拼湊而成的偽造品。這道理也很簡單：正因為《燕丹子》不是後人雜取諸書記載拼成的偽作，所以它才沒必要、也不可能從最早、最全面記錄「燕丹、荊軻事」的《國策》、《史記》裡採取材料，因而也就與《國策》、《史記》兩書存有較大的出入、差異。

其次，將《燕丹子》與漢以來其它零星記載燕丹、荊軻事跡的著作略作比較，也可看出《燕丹子》不是「割裂諸書燕丹、荊軻事雜綴而成」的贋品。秦漢以來，除《戰國策》、《史記》完整、系統地記載荊軻刺秦王之事外，還有一些書籍，也曾記載過燕丹、荊軻之事，只不過這些記載較為粗略而已。如，鄒陽〈獄中上書自明〉：

昔者荊軻慕燕丹之義，白虹貫日，太子畏之。

東漢王充《論衡・感虛篇》：

傳書言：荊軻為燕太子謀刺秦王，白虹貫日。

又

傳書言：燕太子丹朝於秦，不得去。從秦王求歸。秦王執留之，與之誓曰：「使日再中、天雨粟，令烏白頭、馬生角、廚門木象生肉足，乃得歸。」當此之時，天地祐之，日為再中，天雨粟，烏白頭，馬生角，廚門木象生肉足。秦王以為聖，乃歸之。

由上看來，秦漢以降，有關荊軻刺秦王的民間傳說是很多的，但與《燕丹子》相比照可以看出：上引諸書中較為流行的、生動有趣的傳說材料，卻為以「閭閻小論飾成之」（《風俗通義》語）的《燕丹子》所無，這也正好說明《燕丹子》不是後人割裂諸書有關燕丹、荊軻事的記載雜湊而成的偽作，因為：如果《燕丹子》是這類偽作的話，它就不致於對前引諸書中「白虹貫日」、「天雨粟」、「廚門木象生肉足」等流傳廣泛的傳說材料棄而不用。

四、關於《燕丹子》一書的流傳問題

《燕丹子》一書，自其問世以後，在社會上就廣泛地流傳開來，並產生了巨大的影響。這從現存各類古籍對其材料大量徵引的情況，就可見一斑。例如，《淮南子・泰族》中有這樣的記載：「荊軻西刺秦王，高漸離、宋意為擊筑而歌於易水之上，聞者莫不瞋目裂眦，髮植穿冠。」這裡寫的易水餞別的場面中，有個人物宋意，是《戰國策》等史書中所沒有的，因而《淮南子》的這段描寫，只能說是源自《燕丹子》。再如，晉代張華《博物志・史補》：「燕丹子質於秦，秦王遇之無禮。不得意，思欲歸，請於秦王，王不聽，謬言曰：『今烏頭白，馬生角，乃可。』丹仰而歎，烏即頭白；俯而嗟，馬生角。秦王不得已而遣之。為機發之橋，欲陷丹；丹驅馳過之，而橋不發。」張華的這段記載，與《燕丹子》開頭的一段文字幾乎一致，顯然是張氏感於史書《史記》、《戰國策》等在記燕丹、荊軻之事時沒有烏白頭、馬生角、設陷橋等細節，所以才把《燕丹子》的開頭一段抄入了〈史補篇〉，意在補苴舊史之缺憾。古書引用《燕丹子》的話，並明確指出《燕丹子》書名的，應首推北魏酈道元的《水經注》。該書卷十九「渭水又東過長安縣北」條有云：「《燕丹子》曰：『燕太子質於秦，秦王遇之無禮，乃求歸。秦王為機發之橋，欲以陷丹，丹遇之，橋不為發。』」由此看來，《燕丹子》一書在北魏時期是較為常見的。到了唐代，《燕丹子》流傳更為廣泛，常為注書立說的文人學士們所引用。例如，李善注《文選》，司馬貞、張守節注《史記》，就常常用到《燕丹子》裡的材料。特別值得一提的是，李善引《燕丹子》給《文選》作注的一些篇目，在用及荊軻刺秦王的典故時，大都用的是《燕丹子》的材料；這也從側面反映了《燕丹子》在《文選》的編者即梁代昭明太子蕭統以前的時代，已是普遍流傳了。此外，唐代供學子作文寫詩查用的類書，諸如《藝文類聚》、《北堂書鈔》、《初學記》之屬，也大量引用了《燕丹子》中的話。由此看來，唐代學人是極為看重《燕丹子》一書的。至宋、明時期，此書的流傳，較之前朝就不再那麼普遍了；特別是到了明朝末葉，此書就佚而不傳了。有些學者認為，此書在明初就已失傳，如紀曉嵐的《四庫全書總目提要》云：「《燕丹子》三卷，至明遂佚。」其實，這種說法不太確切，因為：明初宋濂就見過三卷全本的《燕丹子》（見《宋學士文集》）；明代中葉的學者陳第所撰書目《世善堂書目》卷上曾著錄過《燕丹子》；明末清初的馬驌評《燕丹子》，說它「尤多譌脫」，表明他見過傳世的《燕丹子》。由此看來，《燕丹子》在明初尚未佚亡，只不過是明初以後，不像從前那樣流傳廣泛而已。我們認為，此書古本真正散佚，可能是明末以後的事情。今本《燕丹子》是清人紀曉嵐從明代《永樂大典》中全文抄出後，授學者孫星衍校訂、整理出來的。孫氏完成了校訂工作後，就將它刊入了《岱南閣叢書》和《平津館叢書》；後又由《百子全書》收入。

五、《燕丹子》作為小說的藝術成就

以現代意義的「小說」為標準來衡量《燕丹子》，我們不難看出，《燕丹子》已經稱得上是一部較為成熟的小說作品了，因為它在取材於真實的歷史事實的基礎上，汲取民間饒有情趣的傳說，進行藝術加工、創造，從而生動細緻地刻劃了人物性格，巧妙別緻地設置了完整、曲折的情節，並在記言、敘事、寫景、抒情等方面顯示出了卓越的藝術功力。因此，前人稱《燕丹子》是「古今小說雜傳之祖」（明胡應麟《少室山房筆叢》），並非溢美浮誇之言。就一部較為成熟的古小說言，《燕丹子》在藝術上，具有如下顯著的成就和特色：

第一、善於塑造人物形象。《燕丹子》一書，描寫了許多位人物，而且這些人物，大都性格鮮明，形象生動感人。像太子丹、荊軻、麴武、田光、武陽、樊於期等，即屬此類。從作品對這些人物形象的塑造看，作者總是將這些人物置於錯綜複雜的人際關係及尖銳激烈的矛盾衝突中，通過人物各具特色的言行，表現其精神風貌，顯示其個性特徵。《燕丹子》重點描寫的人物是太子丹和荊軻；下面，我們不妨通過對這兩個主要人物形象的分析，看看作者在刻劃人物上取得的藝術成就。

在此，先看太子丹。這部小說寫太子丹，一開始就展示了他與秦王之間的尖銳的矛盾衝突：秦王「遇之無禮」，招致太子丹欲歸燕國；但在丹「欲求歸」之時，秦王又百般刁難、蓄意陷害；對待太子丹的祖國——燕，秦王亦是「虎狼其行」，「肆意欺凌」。這些，使得太子丹內心「深怨於秦」。這樣的矛盾糾葛，這樣的歷史背景，促使太子丹形成了以報仇雪恨為主要內涵的性格。從太子丹招納、供養天下勇武之士，到與太傅麴武共商抗秦大計；從太子丹「日夜焦心，思欲復之」的淒然陳辭，到催促荊軻前往秦國行刺的舉動……，都可見其恨秦之情的深切，報仇之心的堅決。總之，《燕丹子》所寫到的太子丹的大多數舉止言行，都令人感到復仇雪恥的烈火，時刻在其胸中燃燒。作者還從太子丹與田光、荊軻這類英武、豪俠之士的關係中，突出表現了太子丹禮賢下士的性格特點。例如，田光見太子時，「太子側階而迎，迎而再拜」，在田光面前還「膝行而前」，並且十分謙謹地說：「丹得侍左右，覩見玉顏，斯乃上世神靈保佑燕國，令先生設降辱焉。」對田光這個並沒有什麼特殊社會地位的普通士人，太子竟然以大禮相迎，傾心相待，其一言一行，不難使人看出他謙恭不傲、禮賢下士的寬闊胸懷。在奉侍荊軻期間，太子丹讓荊軻以黃金擲蛙，食千里馬肝，玩姬人好手，一切順從荊軻的意志，這更可見太子虛懷若谷、仁厚愛士的品格。當然，太子丹禮賢下士的個性是與他以報仇雪恨為特徵的基本性格相聯繫的，其禮賢下士，是為了招徠勇武之士，從而又快又好地達到報復秦國的目的。此外，《燕丹子》還通過描寫太子丹獨具個性的言行，突現了他性格中浮躁激進的一面。就當時的局勢看，「論眾則秦多，計強則燕弱」；這也就是說，無論是人口，還是國力，燕國都無法與秦國相比，故要攻秦復仇，則不可操之太急，即如太傅鞠武所說，對付秦國「疾不如徐，走不如坐」，而應當「合楚、趙，併韓、魏」，即聯合國際力量，伺機起兵。但是，對這種局勢，太子似乎視而不見；對鞠武等人的勸告，更是置若罔聞。他在抗秦復仇的問題上，始終固執地堅持行刺謀殺的主張，認為派個刺客一劍殺了秦王，攻秦之功即可唾手而得。因此，他才迫不及待、不惜一切代價地招納天下勇士，以培養足以擔當其任的刺客，恨不得一瞬之間成其大事。當荊軻接受行刺的任務後，考慮到同行的助手沒有物色好，因而久未成行。性情急躁的太子丹，看不到行事謹慎的荊軻的良苦用心，誤以為他中途變卦，因而很不耐煩地催他動身。所有這些，都不難看出太子性格中浮躁冒進的一面。

下面，我們再來討論荊軻這個人物形象。《燕丹子》中，為燕國復仇而刺秦王的荊軻，千百年來之所以能博得讀者的廣泛同情，並受讀者深深的崇敬，就在於作者通過對荊軻獨特的言行的描寫，深刻地顯現了他不畏強暴、願為知己者死的俠義、英雄性格。為了報答太子丹的知遇之恩，也為著挽救燕國危亡、反抗秦國暴虐的正義事業，荊軻置生命安危於不顧，毅然接受了太子的請求，懷著「壯士一去不復還」的死志，前去秦國刺殺秦王；見了秦王，與荊軻同行的武陽嚇得「面如死灰色」，而荊軻則是從容不迫、大義凜然，他不僅當面痛斥秦王之罪，而且勇敢地「拔匕首擲之，決秦王耳」。當他行刺失利，身受重傷時，還「倚柱而笑，箕踞而罵曰：『吾坐輕易，為豎子所欺。』」作品中的這些細節、言行描寫，不僅烘托出了荊軻的形象，而且也生動地表現了他作為一名俠士的豪爽仗義、威武不屈的性格特徵。此外，小說還通過荊軻刺殺秦王前後的所作所為，凸顯了他性格中機智、沉穩的一面，使人感到荊軻不僅有勇，而且有謀。如，在與武陽去秦國的途中，賣肉的屠夫欺侮了荊軻，武陽欲動手還擊；而荊軻想著不耽誤行刺大事，決然制止了武陽的行為。這個細節，表明了荊軻善於以理智控制感情，辦事十分沉穩。又如，荊軻和武陽見到秦王時，武陽內心極度恐慌，因而臉色大變，渾身發抖。這引起了秦國君臣的懷疑。在這種情勢下，荊軻行刺的計劃面臨著破滅的危機。此時此刻，荊軻不但沒有手忙腳亂，反而鎮定地回過頭來嘲笑武陽，說他害怕天子的威嚴。荊軻泰然自若的談笑，終於消釋了秦國君臣的疑慮。由此看來，荊軻這個勇武剛毅之士，還頗有相機行事的智慧。

在此，我們只簡要地分析了太子丹和荊軻這兩個人物形象。在分析過程中我們可以看到：《燕丹子》利用生動具體的細節、富於個性的人物言行及多種藝術手法來刻劃人物，從而使其所塑造的人物形象血肉豐滿，性格鮮明。因此，我們說，《燕丹子》在塑造人物形象方面，是卓有成就的。

第二，《燕丹子》作為古小說，在藝術上具有一個明顯的特點，這就是：在不違背基本歷史事實的前提下，汲取民間傳說，進行藝術加工。這個特點，較充分地體現了小說創作的基本特徵，從而使《燕丹子》與記載了荊軻謀刺秦王之事的歷史著作區別開來。對照《史記》、《戰國策》等史籍的記載可以發現，《燕丹子》所寫的人和事，基本上符合歷史事實，但在此基礎上，又廣泛汲收、利用了民間富於浪漫色彩的傳說，發揮了藝術創造奇特的想像力，虛構和補充了許多具有藝術價值的細節，從而使作品中的人物個性，更加鮮明生動，情節發展更豐富動人，主題表現更集中突出。對此，只要看看《燕丹子》開頭一段的描寫就可知曉。在這一段裏，寫太子丹質於秦，因受秦王無禮待遇而逃離燕國，並設法報復；這是有史實依據的。但其中所言「烏白頭，馬生角」，按照司馬遷的看法（其《史記・刺客列傳》明確指出，「馬生角」屬於「世言」），是民間傳說；至於這段中「為機發之橋」云云，史書不載，當是作者的虛構。作者利用這樣的傳說和虛構，有力地顯示了主人公太子丹所處環境的惡劣，同時又顯示了太子丹「深怨於秦」並圖謀報復的深刻原因，從而令人不難看出太子丹有關性格形成、發展的脈絡；此外，還為以後的情節確定了發展的必然趨勢，即確定情節沿著復仇雪恥的線索推演。看了《燕丹子》的開頭，不妨再看看最後一段（從「召姬人鼓琴」起，至「我事之不立哉」止）的描寫。在這一段裡，寫了荊軻刺秦王的具體經過，其中有些細節是根據史實寫成的，但有些細節，明顯是採自傳說或出自虛構。如，秦王乞聽琴聲一節，無疑是源自傳說或出於虛構。作者寫進這一節後，取得了較好的藝術效果，它足以使人感到荊軻是足可置秦王於死地的英雄；而其失敗，只是於勝利在握之際，一時疏忽而已（這就不像《史記》所表現的那樣：荊軻似乎是個不堪一擊的草包，一開始就不是秦王的對手）。又如，這段中「軻拔匕首擿之，決秦王耳」云云，亦是史書不載的，按司馬遷的說法，亦為「世言」之屬，即民間傳說。然而，就是這樣的傳說，把個荊軻寫得無比的勇武、壯烈，讓人閱讀後，油然而生敬意。

由上看來，這部小說在取材歷史事實的基礎上，借助民間傳說和藝術虛構後，使得故事情節的推演，奇幻有致；人物形象的刻劃，更加生動感人。

第三，作為小說，《燕丹子》中的人物對白，寫得十分精采，場景描寫也非常感人。其人物對白，往往能透現出人物獨特的心態，能夠巧妙地顯映人物在特殊情境下的神情，因而它既能豐富人物性格的內涵，又能使讀者產生身臨其境之感。如，作品中有這麼一段人物對白：「居五月，太子恐軻悔，見軻曰：『今秦已破趙國，兵臨燕，事已迫急，雖欲足下，計安施之？今欲先遣武陽，何如？』軻怒曰：『何太子所遣？往而不返者，豎子也！軻所以未行者，待吾客耳。』」由這段對白，讀者不難體察出太子在荊軻久未動身之時的迫不及待的心情，同時也可想見他催促荊軻出發時的煩躁的神態。在場面描寫上，這部小說亦是很有特色的。它在場景描寫時，十分注重氣氛的渲染。小說中易水餞別的場面，就是一個典型的例子：送客的人們都穿著白色的喪服，易水上吹來陣陣淒冷的風，荊軻引吭悲歌：「風蕭蕭兮易水寒，壯士一去兮不復還。」高漸離的筑聲是無比的動人心魄，宋意的唱和是無比的慷慨悲涼……，所有這些，都是那樣的悲壯，那樣的淒清；由此，就給這餞別的場面裏上了悲壯淋漓、凝重肅穆的氣氛，從而也使這場面產生了激動人心的藝術感染力。

此外，這部小說文辭古雅，語言繪聲繪色，具有很強的表現力。

六、關於荊軻刺秦王一事的歷史意義

為了便於讀者閱讀《燕丹子》一書，準確地評價書中太子丹、荊軻等人物，我們覺得有必要對荊軻刺秦王一事的意義，作簡要的歷史性分析。根據史籍記載的材料以及《燕丹子》本書的有關內容來分析，我們認為，荊軻刺秦王一事的意義，不僅在於太子丹報仇雪恥，而且更重要的，在於他是為挽救燕國的危亡，反抗強暴的欺壓。我們知道，當時的國際局勢是：諸侯國中，魏、齊、韓、趙、楚在強秦的侵略下，正逐漸走向覆亡，燕國亦備受秦國欺凌，並也存在著亡國的潛在危機。但在其他諸侯國尚未徹底滅亡的時候，燕國還可採取「合縱」、「連橫」之策，聯合其他國的力量來共同抗秦，並還有希望保全社稷、最終達到破秦雪恥的目的。然而，性情浮躁的太子丹，覺得這樣做太費時日，便一意堅持採取行刺秦王的辦法，來實現衛國雪恥的計劃。為此，太子丹還花耗了很多時間、精力來物色和培養刺客。可是，這樣做，花去了很多時間，卻不曾抑制住秦國勢力的發展；相反地，秦國的氣勢日益囂張：秦王政十七年（公元前二三〇年），秦國滅韓，虜韓王安，收其地為潁川郡。此後，秦又舉兵南下伐楚，北面威逼趙國，秦將王翦率兵數十萬進攻趙國漳、鄴之地，王信領兵攻打趙國故都太原。趙國已是力不可支了，終於在秦王政十九年被秦國攻破，趙王被虜，土地盡失。趙國一亡，秦國又準備起兵攻打燕國。因此，燕國面臨著當亡國奴的危險。在這種形勢下，「合縱」、「連橫」的路已是走不通了。於是，太子丹便緊鑼密鼓地實施起行刺計劃：在荊軻還沒有物色好同行的副手的情況下，就催促荊軻進入了秦國。在燕太子丹看來，實行謀刺計劃，至少可以達到兩個目的：

(一)、刺死秦王，便可使「秦大將擅兵於外，而內有亂，則君臣相疑，以其間，諸侯得合從，其破秦必矣」（《史記》語）。這也就是說，刺死秦王可以造成秦國內亂，從而延緩秦國對各國的侵略、吞併，使燕國贏得應付危局的時間餘地，最終使燕國實現「社稷長為不滅」的願望。

(二)、刺死了秦王，燕國受欺凌的恥辱、燕丹自己遭無禮之遇而生發的怨恨，都可在頃刻之間雪除。這樣，燕國就不會「令諸侯指以為笑」（《燕丹子》語）；燕丹自己也不會在諸侯面前落下「受辱以生於世」的名聲。在此，我們暫且不論太子丹在當時條件下派遣荊軻行刺秦王的舉動是否合宜、得當，而單就燕丹、荊軻施行此舉的目的動機以及後來產生的客觀效果來看，謀刺秦王之舉，是有其積極意義的，這意義就在於它是對強暴、侵略的反抗，是對社稷尊嚴的維護，是對祖國土地的捍衛；他無異於向侵略者、強暴者宣告：弱小者不可欺，被壓迫者不可侮！正因此，這種行刺的舉動，才在歷史上產生了深遠的影響，激起了歷代無數的被壓迫、被侮辱者的反抗強暴的信心和勇氣。像陶淵明「其人雖已沒，千載有餘情」（〈詠荊軻〉）的詩句，就是這種情形的寫照。也正因為荊軻刺秦王之事，具有反強權的正義性，所以，燕丹、荊軻也博得了千百年來主張正義的人們的由衷同情和敬仰，像「此地別燕丹，壯士髮衝冠。昔時人已沒，今日水猶寒」（唐駱賓王〈於易水送人一絕〉）的詩句，就表達了這種情感。

七、關於《燕丹子》一書的版本問題

關於《燕丹子》的版本問題，前面在談論《燕丹子》一書的流傳問題時已略有涉及；但為了使讀者對《燕丹子》一書的版本問題獲得較多的了解，我們認為還應當對該書的版本介紹得詳細一點。如前所述，《燕丹子》一書的古本早已佚亡，故古本情況，今天難知其詳；現在通行的《燕丹子》，則是從清人孫星衍的刻本傳布出來的。清代紀曉嵐在主修《四庫全書》時，從《永樂大典》中抄出了《燕丹子》全文，並將此抄本送與孫星衍。孫氏得此傳抄本後，便據古書所引《燕丹子》之文，補正了這個輯自《永樂大典》的《燕丹子》的傳抄本的缺文誤字，又蒐集了一些關於燕丹、荊軻之事的參考資料，形成了一個較為完備的校訂本；嗣後，又先後將其刻入了《岱南閣叢書》、《平津館叢書》。《平津館叢書》最晚流播於世，當是後出轉精，故現在出版界刊印《燕丹子》，多據此本。我們這個注譯本的《燕丹子》原文，基本上亦以《平津館叢書》的校本為準，但也參照了其他版本（如臺灣世界書局影印的《永樂大典》第四九〇八卷；北京中華書局出版的程毅中點校本），擇善而從，對孫氏校本少數地方的文字，也有所改動。如：孫校本中「必令諸侯無以為歎」，今據《永樂大典》改作「必令諸侯指以為笑」；孫校本中「自坐定，賓客滿坐」，其中「自」字，今據程毅中點校本改作「至」；孫校本「右手椹其胸」中的「椹」，今據《永樂大典》改作「揕」。至此，或許有人問：孫氏校本原是以《永樂大典》本作底本，為何又據《永樂大典》反改孫校本呢？這是因為：孫氏所依據的是輯自《永樂大典》的傳抄本，而傳抄本實際上與《永樂大典》原本的文字存有出入（這只要稍作考察就不難看出。如，從孫氏〈燕丹子・敘〉看，《燕丹子》中「太子斂袂」的「斂」，傳抄本作「劒」字無疑，而查《永樂大典》，此正作「斂」）。既然孫氏所據傳抄本與《永樂大典》原本有出入，那麼就有必要參照原本，因為原本的文字有時更精當可靠些。此外，還需要說明的是，為了便於讀者閱讀，我們將孫本《燕丹子》中的少數不常用的異體字作了改動。如將「右手揕其胷」的「胷」字徑改作「胸」。

最後，需要交代的是，本注譯本的前面置有清人孫星衍的〈燕丹子・敘〉（此敘為文言文，故亦予以注譯），後面還附錄了部分古籍中有關荊軻、燕丹之事的材料，目的是給讀者閱讀《燕丹子》一書提供一些參考資料。

曹海東

乙亥年識於桂子山

《燕丹子》敘

清・孫星衍

《燕丹子》三篇，世無傳本，惟見《永樂大典》❶。紀相國昀❷既錄入《四庫書》❸子部小說類存目中，乃以抄本見付。閱十數年，檢授家郎中馮翼❹，刊入《問經堂叢書》。及官安德❺，乃採唐宋傳注所引此書之文，因故章孝廉舊稿❻，與洪明經頤煊❼校訂譌舛，以篇為卷，復唐、宋志三卷之舊，重加刊刻云。《燕丹子》之著錄，始自《隋經籍志》，蓋本阮氏❽《七錄》[9]。然裴駰注《史記》，引劉向《別錄》云：「督亢，膏腴之地。」司馬貞《索隱》引劉向云：「丹，燕王憙之太子。」則劉向《七略》有此書，不可以《藝文志》不載而疑其後出。〈藝文志〉法家有《燕十事》十篇，雜家有《荊軻論》五篇，據注言「司馬相如等論荊軻事」，則俱非《燕丹子》也。古之愛士者，率有傳書。由身沒之後，賓客紀錄遺事，報其知遇，如《管》、《晏》、《呂氏春秋》[10]皆不必其人自著。則此書題燕太子丹撰者，《舊唐書》之誣，亦不得以此疑其譌也。其書長於敘事，嫺於詞令，審是先秦古書，亦略與《左氏》[11]、《國策》相似，學在從橫、小說兩家[12]之間，且多古字古義，云「太子劍袂」，以「劍」為「斂」也。「畢事於前」，《國策》作「畢使」，

「叓」、古文「使」，亦「事」字，見《說文》、《汗簡》⑬也。「右手椹其胸」，蓋借「椹」為「戡」，《說文》戡，刺也。《史記索隱》引徐廣云：「一作抗。」「抗」，又「抌」字之誤，《說文》深擊也。《史記》及《玉篇》⑭「椹」从手，誤矣。「拔匕首擿之」，《說文》以擿為投，《玉篇》擲同擿，又作捿，古假借字也。《國策》、《史記》取此為文，削其烏白頭、馬生角及乞聽琴聲之事，而增徐夫人匕首⑮、夏無且藥囊⑯，足證此書作在史遷、劉向之前。或以為後人割裂諸書，雜綴成之，未必然矣。章孝廉所輯，未及馬總《意林》⑰，又為補證數條。此書宋時多有其本，考《楓窗小錄》⑱云：「余家所藏《燕丹子》一序甚奇。」按其序亦空無故實，不知誰作，不復錄入此卷。自明中葉後，遂以亡逸⑲，故吳琯、程榮、胡文煥⑳諸人刊叢書，俱未及此。

嘉慶十一年㉑正月望後四日，陽湖㉒孫星衍撰於安德使署之平津館。

【注釋】

❶永樂大典　我國最大一部百科全書式類書。明解縉等奉明成祖敕編。收錄了從有文字記載幾千年以來七、八千種文籍。全書二二八七七卷。明以前大量祕籍佚文賴此以傳。此書在明代有鈔本正本一部，嘉靖至隆慶年間又摹寫副本一部。正本幾經戰火，今已蕩然無存，副本也散失不少。今臺灣世界書局曾將殘卷影印出版。《永樂大典》卷四九〇八收錄了《燕丹子》一書，今尚傳於世。

❷紀相國昀　即紀昀。清代著名學者、文學家。字曉嵐，一字春帆。乾隆進士，官至禮部尚書協辦大學士，加太子太保管國子監事。乾隆時主修《四庫全書》，任總纂官，主持編撰《四庫全書總目提要》。又著有《閱微草堂筆記》等。

❸四庫書　即《四庫全書》。清乾隆間敕編的叢書，此書在經、史、子、集四部之下，

各分若干類，類下再分細目。計存書三千四百餘種，共九萬餘卷。在我國叢書中，規模最大。初鈔四部，分藏「北四閣」；後又鈔三部，分藏「南三閣」。今僅存四部。參與此書編纂的人有紀昀、戴震、邵晉涵等。

❹ 馮翼　即孫馮翼。字鳳卿，承德人，恩賜二品官候選道。與孫星衍一起校勘過古籍，並於清嘉慶年間刊刻了《問經堂叢書》。

❺ 安德　地名。在今山東省陵縣。乾隆六十年，孫星衍授山東兗沂曹濟道。嘉慶時累官山東督糧道、布政使，其使署曾設於安德。

❻ 章孝廉　未詳。孝廉，是對舉人的敬稱。

❼ 洪明經頤煊　即洪頤煊。清代學者，字旌賢，號筠軒。生平苦志力學，精於考證，於諸經皆有研究。曾館於平津館，與孫星衍商撰《尚書古今文義疏》。明經為清代貢士之別稱；洪氏曾於嘉慶六年充選拔貢生。

❽ 阮氏　指齊梁時代的阮孝緒。其畢生精力用於目錄學研究。

❾ 七錄　是阮孝緒撰寫的目錄著作，今佚。

❿ 管晏呂氏春秋　即《管子》、《晏子春秋》、《呂氏春秋》。這些書名中雖然分別有管子、晏子、呂氏的名字，但其書不為他們親撰，而是他們的門客所作，或是後人託名而作。

⓫ 左氏　即《左傳》。

⓬ 從橫小說兩家　為先秦兩個重要的學術思想流派。從（縱）橫家善於辭令，熱心於在各諸侯間為一種主張游說，如當時有「合縱」、「連橫」兩種主張，蘇秦、張儀是其代表。根據《漢書·藝文志》所言，小說家的著作多是「街談巷語、道聽塗說者之所造」。

⓭ 說文汗簡　均為書名。《說文》，即《說文解字》，東漢許慎作，是我國第一部系統分析字形和考究字原的字書。《汗簡》，宋郭忠恕著。依《說文》分部，錄存古文字。所徵引古文諸書，今多不存。

⓮ 玉篇　字書。南朝梁、陳之間顧野王著。

⓯ 增徐夫人匕首　此言《戰國策》、《史記》兩書在敘荊軻刺秦王之事時，比《燕丹子》多出了太子丹求趙人徐夫人匕首的情節。《史記·刺客列傳》有云：「太子豫求天下之利匕首，得趙人徐夫人匕首，取之百金，使工以藥焠之，以試人，血濡縷，人無不立死者。」

⓰ 夏無且藥囊　據《戰國策》、《史記》載，荊軻入秦宮追刺秦王時，秦王的侍醫夏無且，以其所捧的藥囊擲擊荊軻。

⓱ 意林　書名。唐馬總摘錄周秦以來七十餘種古書中的雜記而編成。

⑱楓窗小錄　書名。又作《楓窗小牘》，為宋代一袁姓人士所作。

⑲自明中葉以後二句　此謂《燕丹子》一書的古本亡佚於明代中葉。其實，此說不一定準確，其古本的亡佚很可能在明代末期。

⑳吳琯程榮胡文煥　均是明清時代我國在整理古籍方面卓有成就的文獻學家。明．吳琯輯有《古今逸史》，清．程榮輯有《漢魏叢書》，明．胡文煥輯有《格致叢書》。

㉑嘉慶十一年　即西元一八〇六年。

㉒陽湖　地名。在今江蘇省武進縣。

【語　譯】

《燕丹子》一書共三卷，現在世無傳本，只有《永樂大典》收錄了此書。紀昀相國將它注錄進了《四庫全書》子部的小說類存目之中，並將輯自《永樂大典》的《燕丹子》傳抄本送我。過了十餘年後，我又找出《燕丹子》的傳抄本交給郎中馮翼刊進了《問經堂叢書》。待我在山東安德為官時，才採用唐、宋傳注中所引的《燕丹子》原文，並參閱已故的章孝廉輯校《燕丹子》

的舊稿，與洪頤煊先生一起校改了《燕丹子》傳抄本的錯譌之處，並改篇為卷，力圖恢復唐、宋史志所記的三卷《燕丹子》的舊貌，最後又重加刊刻。史志著錄《燕丹子》一書，是從《隋書·經籍志》開始的，此書的記載，大概是以阮孝緒的《七錄》為根據。然而，劉宋時裴駰注《史記》，還引用了劉向《別錄》中的話：「督亢，膏腴之地。」唐·司馬貞《史記索隱》引劉向的話說：「丹，燕王喜的太子。」因此，漢代劉向《七略》中應當著錄有《燕丹子》一書。所以，不能因為《漢書·藝文志》中不錄此書而懷疑它是後出的作品。《漢書·藝文志》「法家」一類著錄有《燕十事》十篇，「雜家」一類中著錄有《荊軻論》五卷，這些書籍，根據《藝文志》中「司馬相如等論荊軻之事」的注釋看，都不是《燕丹子》。古時候，禮賢下士的人，大都有書籍流傳後世。這些書籍，一般都是這些人逝世以後，由他們所奉養的門客，把他們的遺事軼聞記錄成書的，從而以此報答主人的知遇之恩。像《管子》、《晏子春秋》、《呂氏春秋》就是這樣成書的，這些書都不一定是管子、晏子、呂不韋他們親自所著。因此，《燕丹子》題「燕太子丹撰」，當是《舊唐書》的杜撰。但也不能因此而懷疑《燕丹子》是偽作。《燕丹子》一書長於敘事，嫻於辭令。由此看來，此書應是先秦時候的作品。觀其風格，與《左傳》、《戰國策》略為相似；觀其思想，介於縱橫家和小說家之間；而且其書多有古字古義。如說「太子劍袂」，是以「劍」為「斂」；「畢事於前」，《戰國策》作「畢使」，「使」字的古文作「叓」，也就是「事」字。此見《說文解字》和《汗簡》。「右手椹其胸」，是借「椹」為「戡」。《說文解字》說：「戡，刺也。」《史記索隱》引徐廣云：揕，「一作『抗』。」「抗」是「抌」字之誤。《說文解字》說：「抌，深擊也。」《史記》及《玉篇》中的「椹」字的左部都從手，這是錯誤的。「拔匕首擿之」，《說文解字》以「擿」為「投」，《玉篇》中的「擿」同「擲」，又作「捿」，這些都是古假借字。《戰國策》和《史記》在行文過程中用到了這些古文字，並刪除了「烏白頭，馬生角」以及秦王乞聽琴聲等情節，而增添了徵徐夫人匕首、夏無且擲藥囊等事。這就足以證明《燕丹子》一書作在漢司馬遷、劉向之前。有人認為此書是割裂古書拼湊而成，實際情況也未必如此。章孝廉輯錄《燕丹子》佚文，沒有涉及唐代馬總的《意林》，故今又據此書補證今本《燕丹子》數條。《燕丹子》一書，在宋代還流傳很廣，較為常見。《楓窗小錄》說：「我家所收藏的《燕丹子》，其中所附的一篇序文，十分奇特。」但仔細考察此序，也是空洞無物。此序不知誰作，故不再錄入此卷。自明代中葉以後，《燕丹子》一書就佚而不傳了。故明清之際的吳琯、程榮、胡文煥等人刊刻叢書，都沒有收進此書。

嘉慶十一年正月望後四日，陽湖孫星衍撰於安德使署之平津館。

燕丹子

燕太子丹質於秦❶，秦王遇❷之無禮，不得意，欲求歸。秦王不聽❸，謬言❹：令烏白頭❺，馬生角❻，乃可許耳。丹仰天歎，烏即白頭，馬生角。秦王不得已而遣之❼，為機發之橋❽，欲陷丹。丹過之，橋為不發。夜到關，關門未開。丹為雞鳴❾，眾雞皆鳴，遂得逃歸。深怨於秦，求欲復之❿，奉養勇士，無所不至。

報復。

【章　旨】

此章寫秦王對待太子丹無禮，並蓄意陷害，乃引起太子丹刻骨仇恨，力圖報復。

【注　釋】

❶燕太子丹質於秦　《史記・刺客列傳》載：太子丹曾質於趙國，而秦王政亦生於趙國。秦政小時候與太子丹關係尚好；及秦政立為秦王後，太子丹又被質於秦國。太子丹，春秋戰國時期燕王喜的兒子。質，以人或物作抵押。春秋戰國之時，諸侯國相交，常互派子弟駐在對方，以作為取信的保證，叫「交質」；也有單方面派子弟住在對方的，被派的人，常被稱作「質子」。

❷遇　意為對待。

❸不聽　不聽從；不應許。

❹謬言　荒唐無理地說。

❺烏白頭　烏鴉頭上長出白毛。

❻馬生角　馬頭上長出角。此與「烏白頭」都是世上不可能有的事情。這是秦王故意刁難太子丹。

❼遣之　放他回國。《史記．六國年表》載：太子丹於秦王政十五年（公元前二三二年）由秦國回燕。

❽機發之橋　裝有機關的橋，觸動了機關就會陷落。

❾丹為雞鳴　太子丹裝做雄雞鳴叫。這個情節不載於記錄燕丹、荊軻之事的史書，很可能是根據戰國時人孟嘗君學雞啼逃出函谷關的故事編成的。據史載：秦昭王囚禁了孟嘗君，在昭王寵姬的幫助下，孟嘗君最終得以逃離秦宮。當晚上逃至函谷關時，關門不開，因為邊關規定，晚上只有雞鳴後才可放人出關。與孟嘗君同行的人於是學著雞叫，引起眾雞齊鳴。守關士卒聽見雞鳴，便放走了他們。

❿求欲復之　求人想報復秦王。

【語　譯】

燕國的太子丹被作為人質抵押在秦國，秦王對他很不客氣，他感到屈辱，便請求回燕國。秦王沒有答應，還荒謬地說：如果你能使烏鴉白頭，馬長出角來，就允許你回燕國。太子仰天長歎，烏鴉果然就白了頭，馬也長出了角。秦王沒有辦法，只好讓他回去。但在太子回國途中的橋上，安置了機關，準備陷害他。哪知太子丹過橋時，機關卻沒有發動。太子丹連夜逃到邊關，邊關的門還沒有打開，於是他就學雞叫，一時很多雞也跟著鳴叫起來。守門的士兵以為天亮了，便開了關門，他就乘機逃了出去。太子丹對秦王因而怨恨甚深，總想伺機報復。為了報仇，他供養了很多勇武之士，凡是能網羅到的武士，他都請了來。

丹與其傅❶麴武❷書曰：「丹不肖❸，生於僻陋之國❹，長於不毛之地❺，未嘗得覩君子雅訓❻、達人之道也❼。然鄙意欲有所陳❽，幸傅垂覽之❾！丹聞丈夫所恥，恥受辱以生於世也；貞女❿所羞，羞見劫⓫以虧其節也⓬。故有刎喉不顧、據鼎不避者⓭，斯⓮豈樂死而忘生哉？其心有所守也⓯。今秦王反戾天常⑯，虎狼其行⑰，遇丹無禮，為諸侯最⑱。丹每念之，痛入骨髓⑲。計燕國之眾，不能敵之⑳，曠年相守㉑，力固不足。欲收天下之勇士，集海內之英雄，破國空藏㉒，以奉養之。重幣甘辭㉓以市於秦㉔，秦貪我賂㉕而信我辭，則一劍之任㉖，可當百萬之師；須臾㉗之間，可解丹萬世之恥㉘。若其不然，令丹生無面目於天下，死懷恨於九泉㉙，必令諸侯指以為笑，易水之北㉚，未知誰有㉛。此蓋亦子大夫㉜之恥也。謹遣書，願熟思㉝之！」

麴武報書㉞曰：「臣聞快於意者虧於行㉟，甘於心者傷於性㊱。今太子欲滅悁悁㊲之恥，除久久之恨，此實臣所當糜軀碎首㊳而不避也。私以為智者不冀僥倖以要功㊴，明者不苟從志以順心㊵；事必成，然後舉㊶；身必安，而後行。故發無失舉之尤㊷，動無蹉跌之愧也[43]。太子貴匹夫之勇，信一劍之任，而欲望功，臣以為疏[44]。臣願合從於楚[45]，并勢於趙[46]，連衡於韓、魏[47]，然後圖秦[48]，秦可破也。且韓、魏與秦，外親內疏，若有倡兵[49]，楚乃來應，韓、魏必從，其勢可見。今臣計從[50]，太子之恥除，愚鄙之累解矣[51]。太子慮之！」太子得書不悅，召麴武而問之。武曰：「臣以為：太子行臣言，則易水之北永無秦憂，四鄰諸侯必有求我者矣。」太子曰：「此引日縵縵[52]，心不能須[53]也。」麴武曰：「臣為太子計熟矣[54]。夫有秦[55]，疾不如徐[56]，走不如坐。今合楚、趙，并韓、魏，雖引歲月[57]，其事必成，臣以為良。」太子睡臥不聽。麴武曰：「臣不能為太子計。臣所知田光，其人深中[58]，有謀，願令見太子。」太子曰：「敬諾[59]。」

【章旨】

此章敘述太子丹逃回燕國後，以寫信和面談的方式，與太傅麴武共商報仇雪恥大計，麴武主張「合縱」、「連衡」以圖秦，而太子丹則堅持行刺秦王以雪恥。

【注釋】

❶傅　官名，亦即太傅的簡稱。春秋戰國時期，太傅負責教導、輔佐王子。
❷麴武　人名。《史記》作「鞠武」。
❸不肖　不賢。
❹僻陋之國　偏遠閉塞的地方。燕國地處北方邊遠地區，故太子丹謙稱為僻陋之國。
❺不毛之地　指不生長植物、未曾開發的地方。
❻雅訓　高明的教導。
❼達人之道　通達事理的人所講的道理。
❽鄙意欲有所陳　言自己有淺陋的想法要表達出來。鄙意，自謙之詞，指自己的意見、

想法。陳，陳述；表達。

❾幸傅垂覽之　言希望太傅觀看一下。幸，希望。垂覽，俯下身看。這是請人覽閱的客氣話。

❿貞女　堅貞剛烈的女子。

⓫見劫　言被威脅、被欺凌。見，表示被動，意同「被」。

⓬虧其節　謂喪失了節操。

⓭刎喉不顧二句　此承上文貞女、丈夫而言，謂為了不受侮辱而保持節操，即使割脖子而死，也在所不辭；即使烹人的油鼎放在身邊，也絕不躲避。刎，割。據，靠；依。鼎，古時一種烹飪器物，古代有用鼎烹煮犯人的酷刑。

⓮斯　這。指上述刎喉、據鼎。

⓯心有所守　言心中有其堅定的操守、信念。

⓰反戾天常　言違反天理。戾，違背。

⓱虎狼其行　謂其行為像虎狼一樣凶殘。

⓲為諸侯最　言秦王是諸侯中待自己最刻毒的一個。

⓳痛入骨髓　言痛恨之情進入了骨子裏面。

⓴敵之　與秦國相比。敵，相當；匹敵。

㉑曠年相守　指長時間的對峙。曠年，謂耽誤很多時間。

㉒破國空藏　言用完國家的全部財物。此謂不惜財力，不計代價。藏，貯存財物的府庫。

㉓重幣甘辭　貴重的禮物和甜美的言辭。幣，指用作禮物的馬、皮、帛等。

㉔市於秦　言向秦國買好。市，交易；購買。此處指買好。

㉕賂　贈送之財物。

㉖一劍之任　猶言一劍之用，指派刺客一劍刺死秦王。

㉗須臾　片刻。

㉘萬世之恥　即流傳萬代的恥辱，此極言恥辱之大。

㉙九泉　指地下，即死者所居之處。

㉚易水之北　指燕國的土地。易水，水名，發源於今河北省易縣。當時燕國地處易水的北面，故以「易水之北」稱指燕國的土地。

㉛未知誰有　言不知為誰所占有。「易水之北，未知誰有」實際上是說燕國存亡未知。

㉜子大夫　即君王對臣下表示敬意的稱呼。《漢書・武帝紀》顏師古注：「子者，人之嘉稱。大夫，舉官稱也。志在優賢，故謂之子大夫也。」

㉝熟思　認真周密地思考。

㉞報書　回信。
㉟快於意者虧於行　言令人感到痛快的舉動，往往有損於行事。虧，虧損。行，行事。
㊱甘於心者傷於性　言使人產生甜美之感的東西，往往有害於性命。性，生命。
㊲悁悁　忿怒貌。
㊳糜軀碎首　猶言粉身碎骨。糜，碎爛。
㊴私以為智者句　我私下認為，聰明人不希望僥倖獲取成功。私，是對人發表自己意見時所用的謙詞。冀，希圖。僥倖，意謂由於偶然的原因得到成功。要，邀；求取。
㊵不苟從志以順心　謂不隨便聽憑自己的意志而求心裏的滿足。
㊶事必成二句　言估計事情有成功的把握，然後才去行動。
㊷發無失舉之尤　言做事不會出現行為不當的錯誤。尤，過錯。
㊸動無蹉跌之愧　謂行動後不會有失誤的悔恨。蹉跌，本義為失足跌倒，此處比喻失誤、遭受挫折。愧，愧悔。
㊹疏　謂思慮不周密。
㊺合從於楚　謂與楚國聯合。合從，即「合縱」。南北為縱，當時燕在北，楚在南，故其聯合稱「合縱」。
㊻并勢於趙　即與趙國聯合。并勢，兩種勢力合并。

47 連衡於韓魏　即與韓國、魏國聯合。連衡，同「連横」。東西聯合稱「連横」。但韓、魏、燕當時並非在東西一線上分布，而用「連衡」，是為了與上文「合縱」相對成文，因而此處「連衡」只作聯合解釋。

48 圖秦　謀取秦國。

49 倡兵　帶頭起兵。倡，帶頭。

50 今臣計從　言現在我的計謀能被採用。

51 愚鄙之累解矣　意謂我的責任也就解除了。愚鄙，稱呼自己的謙詞。累，負擔；責任。麴武是太子丹的太傅，有輔佐太子處理國事的責任，故其稱有「愚鄙之累」。

52 引日縵縵　謂時間拖得很長。縵縵，同「漫漫」。長貌。

53 須　等待。

54 臣為太子計熟矣　我已為太子謀劃得很周密了。計，謀劃。

55 夫有秦　猶言對那秦國。夫，為指示代詞。有，為名詞詞頭，無義。

56 疾不如徐　意謂操之過急，不如慢慢來。疾，快。徐，慢。

57 雖引歲月　雖然拉長了時間。引，延長。

58 深中　謂思慮很深。中，內心。

59 敬諾　謂完全同意。敬，表示謙謹。諾，表示應許。

【語譯】

回國後，太子丹就給他的師傅麴武寫了一封信，說：「本人無德無才，在偏遠閉塞的燕國出生，在貧瘠荒涼的土地上長大，未曾領教過賢能君子的高雅教導，也無從得知通達之士所講的道理。但我有些淺薄的意見還是想表述出來，希望您能看看此信。我聽說，男子漢大丈夫，感到最羞恥的是受了侮辱還苟且地活在世上；而堅貞剛烈的女子感到最羞恥的是受到脅迫而喪失其節操。因此，世上才有那些為了氣節而對斷頭流血、入鼎受烹亦在所不顧的人，這難道是他們甘心死而厭惡活嗎？只是他們心裏有其堅定不移的操守和信念罷了。而今秦王違背天理，像虎狼一樣行凶霸道，對待我十分無禮，諸侯之中要算他待我最刻毒了。我一想起這些，痛恨之情，就深入了骨髓。要算計燕國的人口，又無法與秦國相比；如果與秦國長久對抗，我們的力量又遠遠不夠。因此，我打算網羅天下的勇武之士，召集四海之內的英雄豪傑，花空國庫的全部資財來供養他們，然後讓他們用厚重的財禮、甜美的言辭去討好秦國，秦王就會貪圖我們的財禮，聽信我們的甜言，我就讓刺客一劍刺死秦王。這樣，就抵得上動用上百萬人的軍隊了。只在片刻之間，我燕丹的萬世之恥就可解除了。如果不是這樣，我就沒什麼顏面活在世界上；就是死了，我在九泉之下，也會是遺憾不已，並且還一定會讓諸侯們指著笑話。再說易水北面燕國的存亡還不可預料。我想，這些大概也是您引以為恥的。所以，特寫這封信給您，請您好好思考一下。」麴武給太子丹回了一封信，說：

「我聽說，能使人一時痛快的舉動，往往並不利於行事；而能使人心感到甜美舒暢的東西，常常有害於性命。而今太子想雪洗令人忿懣的羞恥，解除長久積壓的仇恨，這的確是我粉身碎骨也不應當迴避的事情。但我私下認為，聰明人不應希望以偶然的機會取得成功，明白事理的人不能以隨心所欲而感到心滿意足，而是覺得事情有一定成功的把握，然後再去做；生命能得到安全的保證，然後再行動。這樣，事情做起來，就不會有行動不當的過失；行動後，也不會因遭受挫折而愧悔。太子現在看重個人的勇力，迷信一劍刺殺的作用，而且希望復仇能夠成功，我認為你的考慮不夠周全。我希望燕國聯合楚國，匯集趙國的勢力，再求得韓國與魏國的協助，然後作攻取秦國的打算；這樣，秦國就會被攻破。況且韓國、魏國對秦國表面上親近，實際上疏遠。倘若燕國帶頭起兵攻秦，楚國就會來響應，韓國、魏國也就一定隨之而起，這勢力就相當可觀了。現在太子如果能聽從我的計謀，那麼太子的恥辱就可雪除了，我這太傅的負擔也就可解脫了。希望太子考慮！」太子接到麴武的信後，很不高興，於是又召見麴武當面詢問。麴武說：「我認為，太子如果能按我所說的行事，我們在易水北面的燕國，就用不著永遠擔憂秦國的欺凌了，而且四面靠近燕國的諸侯們，也一定會求助於我們。」太子丹說：「聯合他國，要花費很長的時間，我心裏已等不得了。」麴武說：「我已經為太子考慮得很周全了。對付秦國，快不如慢，跑不如坐。現在聯合楚國、趙國，與韓國、魏國共同協力，時間雖然拖得長些，但攻秦復仇的事，卻一定能夠成功。我認為這是最好的辦法。」太子丹聽不進麴武的話，便躺下睡覺了。麴武說：「看來我不能為太子出謀劃策了。但我認識一個叫田光的人，這人思慮很深，謀略甚多，希望讓他來見見您。」太子丹說：「完全可以。」

田光見太子，太子側階而迎❶，迎而再拜。坐定，太子丹曰：「傅不以蠻域而丹不肖❷，乃使先生來降弊邑❸。今燕國僻在北陲❹，比❺於蠻域，而先生乃不羞之，丹得侍左右，覩見玉顏❻，斯乃上世神靈保佑燕國，令先生設降辱焉❼。」田光曰：「結髮立身❽，以至於今，徒慕太子之高行❾，美太子之令名耳❿。太子將何以教之？」太子膝行而前⓫，涕淚橫流曰：「丹嘗⓬質於秦，秦遇丹無禮，日夜焦心，思欲復之。論眾⓭則秦多，計強⓮則燕弱，欲日合從，心復不能⓯。常食不識位⓰，寢不安席。縱令燕、秦同日而亡，則為死灰復燃⓱，白骨更生⓲。願先生圖之！」田光曰：「此國事也，請得思之⓳。」於是舍光上館⓴，太子三時進食㉑，存問㉒不絕。

【章 旨】

此章敘說田光初見太子丹時的情況：太子丹對田光以禮相迎，待之優厚，表現出了極度的謙虛和尊重。

【注 釋】

❶側階而迎　從側邊的臺階走下來迎接。迎接賓客時，主人從側階走來，是對賓客表示恭敬。側階，正室旁邊的臺階。

❷傅不以蠻域句　言太傅不把燕國看作蠻夷之國，也不認為燕丹不賢。蠻域，即古代中原以外的四周邊遠地區，此處稱燕國為蠻域，含有燕丹的自謙之意。

❸弊邑　同「敝邑」。對自己國家的謙稱。古時諸侯之國稱「邑」。

❹僻在北陲　言燕國處在偏僻的北方邊疆。陲，邊疆。

❺比　本意為靠近，此處作等、同解釋。

❻玉顏　謂容貌，敬詞。

❼令先生設降辱焉　言讓先生來這裏受委屈。辱，委屈，謙詞。

❽結髮立身　謂成年能自立。古代男子二十歲時束髮戴上帽子，表示成年，稱之為「結髮」。
❾高行　高尚的品行。
❿美太子之令名耳　言讚美太子的好名聲。令，美好。因為田光沒有機會與太子丹接觸，所以只能是聞其令名，慕其高行，而無法當面討教。
⓫膝行而前　謂跪在地上用膝蓋向前行路。這是對人尊敬的表示。
⓬嘗　曾經。
⓭論眾　即論人數。
⓮計強　謂計算實力。
⓯不能　猶言不願意、不肯。
⓰食不識位　言吃飯時不知自己該坐哪裏。此形容太子在復仇之事上用心專注，以致精神恍惚。位，有可能是「味」字之誤。
⓱則為死灰復燃　意謂那就如熄滅了的火灰又重新燃著。則，義同「即」。「死灰復燃」與下文「白骨更生」均喻燕國之再生。
⓲白骨更生　謂屍骨又重新生出血肉而復活。
⓳請得思之　請讓我思考一下。

⑳舍光上館　謂安排田光住在上等賓館裏。舍，動詞，宿住之意。

㉑太子三時進食　言太子丹早、中、晚三餐都讓人給田光進奉飲食。三時，即早上、中午、晚上。進，進，進獻。

㉒存問　問候。存，意即看望、問候。

【語　譯】

田光來見太子丹，太子丹從側階走來迎接他，迎上後，又兩次向田光施行拜禮。坐下之後，太子丹說：「太傅麴武不把燕國看作蠻夷之地，也不以我為不賢之輩，竟然請先生來到我們這個小國。燕國現在地處偏遠的北部邊疆，如同蠻夷之地，而先生卻不嫌棄。我因之能夠在先生左右侍候，看見先生美好的容顏，這也算是祖先的神靈保佑燕國，讓您委屈地來到這裏。」田光說：「我從剛成年、能自立時起，一直到今天，只能是仰慕太子的高尚的品行，讚揚太子美好的名聲，還不曾討教，不知太子對我將有什麼見教？」

太子於是以膝蓋行地，跪著上前，淚流滿面地對田光說：「我曾在秦國作人質，秦王待我十分無禮，我因此日夜焦慮不安，思謀著報仇雪恨。但就人口而言，秦國遠比燕國多，算起實力，燕國要比秦國弱，如果聯合別國來攻秦，心裏又不太願意。因此，我吃飯時常常是不知自己該在哪裏，睡覺時也是心緒不安地躺在床上。只要能報仇，就是使燕國與秦國同歸於盡，那燕國也就如同死灰復燃、屍骨再生了。希望先生好好謀劃一下。」田光說：「這可是國家大事呀！請讓我認真思考思考。」太子於是安排田光住在上等賓館裏，每天早上、中午、晚上給他進送飯食，還經常不斷地探視、問候他。

如是三月，太子怪其無說❶，就光❷，辟左右❸問曰：「先生既垂哀恤❹，許惠嘉謀❺，側身傾聽，三月於斯。先生豈有意歟❻？」田光曰：「微太子❼，固將竭之❽。臣聞騏驥❾之少❿，力輕⓫千里，及⓬其疲朽，不能取道⓭。太子聞臣時已老矣。欲為太子良謀，則太子不能⓮；欲奮筋力⓯，則臣不能，然竊⓰觀太子客，無可用者：夏扶⑰，血勇之人，怒而面赤；宋意⑱，脈勇之人，怒而面青；武陽⑲，骨勇之人，怒而面白。光所知荊軻，神勇之人，怒而色不變。為人博聞強記⑳，體烈骨壯，不拘小節，欲立大功。嘗家於衛㉑，脫賢大夫之急㉒十有餘人㉓。其餘庸庸不可稱㉔，太子欲圖事，非此人莫可。」太子下席再拜曰：「若因先生之靈㉕，得交於荊軻，則燕國社稷㉖長為不滅。唯㉗先生成之㉘！」田光遂行。太子自送㉙，執光手曰：「此國事，願勿洩之！」光笑曰：「諾。」

【章旨】

此章寫太子丹找田光詢問抗秦復仇良策，田光分析現實情況，認為太子以所養門客行刺秦王，均難勝任；田光最後薦出荊軻。

【注釋】

❶怪其無說　言太子對田光沒有說出計策感到不悅。怪，埋怨；不高興。

❷就光　謂前去見田光。就，接近；前往。

❸辟左右　言使左右的侍從人員避開。辟，同「避」。

❹垂哀恤　哀憐、體恤。垂，敬詞，表示對方高於自己。

❺許惠嘉謀　謂答應賜與好的計策。

❻先生豈有意歟　意謂先生是否還有幫忙出力的意思。歟，表示疑問的語氣詞。

❼微太子　言即使沒有太子的催問。微，沒有；不是。

❽固將竭之　意謂我本來就要把我的想法全部說出來。固，本來。

❾騏驥　良馬；千里馬。

❿少　少壯之時，亦即身強力壯之時。

⓫輕　輕視，此處作不在乎解。

⓬及　到；至。

⑬不能取道　言馬連上路行走都不能。

⑭欲為太子良謀二句　將這兩句與上文「欲曰合從，心復不能」句對讀便可發現，田光所謂「良謀」當指合縱、連橫之策。

⑮欲奮筋力　意謂想拼出力氣。這實際上說的就是充當刺殺秦王的刺客。

⑯竊　暗中。

⑰夏扶　人名。《戰國策・燕策》和《史記・刺客列傳》所載燕丹、荊軻之事，均不見夏扶的名字。這個人物很可能是《燕丹子》作者虛構出來的；但也有可能是實有其人，史書乏載。

⑱宋意　人名。《戰國策》、《史記》中亦不見此人。但後世文人作詩為文經常提到這個人物，這應當是以《燕丹子》的記載為據的。如，陶淵明〈詠荊軻〉有云：「飲餞易水上，四座列群英。漸離擊悲筑，宋意唱高聲。」《文選》雜歌類〈詠荊軻〉有序云：「高漸離擊筑，荊軻歌，宋意和之。」這些詩文寫宋意，顯然是本於《燕丹子》。

⑲武陽　即秦舞陽。《史記・刺客列傳》云：「燕國有勇士秦舞陽，年十三殺人，人不敢忤視（按忤視，反目相視）。」《戰國策》作秦武陽。

⑳博聞強記　謂見聞廣博，記憶力強。

㉑嘗家於衛　言荊軻過去家居衛國的時候。

㉒脫賢大夫之急　言幫助賢良的士大夫解除了危難。脫，解脫。急，急難。
㉓十有餘人　即十多個人。有，猶「又」。常用在整數與零數之間。
㉔庸庸不可稱　謂平庸之輩不能被舉用。稱，起用。
㉕若因先生之靈　言如能託先生的洪福。因，借；託。靈，福。
㉖社稷　代指國家。社，土神。稷，穀神。古時帝王、諸侯要祭祀土神和穀神，即祭社稷，後來社稷就成了國家的代稱。
㉗唯　句首語氣詞，表示希望。
㉘成之　謂成全結識荊軻之事。
㉙自送　親自送走。

【語譯】

這樣過了三個月，可是田光並沒有拿出他的計策，太子丹有些不高興，便去見田光。太子丹喝退了左右侍奉之人，問道：「先生既然對我深表同情，答應給我出些好的主意，我就一直側身等著傾聽您的高見，可是三個月就這樣過去了，您還不說什麼。先生還有幫我出力的意思嗎？」田光回答說：「即使太子不來催問，我也要把我的想法全部告訴您。我聽說駿馬在少壯的時候，跑上千里也根本不在乎，但等到老大力衰以後，連上路行走也不能了。太子知道我的時候，我已經老了。想給太子出個好計策，可是太子又不能照辦；想拼出老命為您報仇，可是我又無能為力了。然而，我暗地裏觀察太子所供養的門客，又沒有一個能派上用場的：夏扶，是血勇之人，一發怒臉就紅；宋意，是脈勇之人，一發怒臉就變青；武陽，是骨勇之人，一發怒臉就慘白。我熟悉一個人，叫荊軻，這可是個神勇之人，發怒時，面不改色。這人還見識廣，記性好，身體剛強健壯，為人隨和而不拘小節，並希望建立偉大的功業。他過去家居衛國時，就使十幾個賢良的士大夫擺脫了危難。我看其餘的人都平平庸庸，不可舉用。太子要圖謀復仇大事，非靠荊軻這人不可。」太子離開座位，對田光拜了兩拜，說：「倘若託先生的洪福，能與荊軻結交，那麼燕國就會長存而不亡。這事就靠先生促成了！」於是，田光告辭了，太子丹便親自為他送行，並拉住他的手說：「這可是國家的重大事情啊！請不要洩露出去。」田光笑了笑，說：「可以。」

遂見荊軻，曰：「光不自度❶不肖，達足下❷於太子。夫燕太子，真天下之士也。傾心❸於足下，願足下勿疑焉。」荊軻曰：「有鄙志❹，常謂心向意投❺，身不顧；情有異❻，一毛不拔。今先生令交於太子，敬諾不違。」

【章旨】

此章寫田光會見荊軻，並請荊軻與太子相交，荊軻慨然應許。

【注釋】

❶自度　自量。度，估量。

❷達足下　意謂推薦您。達，到，此處作推薦講。足下，敬詞，這裏是指荊軻。古代

下稱上或同輩相稱常用「足下」。

❸傾心　一心嚮往。

❹鄙志　鄙俗的志向。

❺心向意投　猶言情投意合。

❻情有異　謂志趣不相合。

【語譯】

田光於是見了荊軻，說：「我也不思量自己無德無才，想把您推薦給太子丹。那燕國的太子，可真正是天下的有志之士呀！他非常傾慕您，希望您不要對他有疑心。」荊軻說：「我有個鄙俗的志向，這也就是我常說的：如果碰見情投意合的人，我願為他犧牲自己而不顧；如果志向不合，那我就一毛不拔。現在您讓我與太子結交，我將奉命照辦。」

田光謂荊軻曰：「蓋❶聞士不為人所疑。太子送光之時，言『此國事，願勿洩』，此疑光也。是疑❷而生於世，光所羞也。」向軻吞舌而死❸。軻遂之❹燕。

【章旨】

此章寫田光認為太子丹對自己存有疑心，覺得無顏苟活於世，便自殺身亡。

【注釋】

❶蓋　句首語氣詞。

❷是疑　當是「見疑」之誤，意謂被懷疑。

❸吞舌而死　《史記·刺客列傳》作「自刎而死」。

❹之　往；去。

【語譯】

田光對荊軻說：「我聽說有志之人不能被人懷疑。但太子送我的時候卻說：『這可是國家大事呀！請不要洩露出去。』這是懷疑我呀！而我還活在世上，這是我的羞恥。」於是，田光當著荊軻的面一口咬掉了自己的舌頭吞進肚裏，立刻死去。荊軻隨後就到燕國去了。

荊軻之燕。太子自御虛左❶，軻援綏不讓❷。至坐定，賓客滿坐❸。軻言曰：「田光褒揚❹太子仁愛之風，說太子不世之器❺，高行厲天❻，美聲❼盈耳。軻出衛都，望燕路，歷險不以為勤❽，望遠不以為遐❾。今太子禮之以舊故❿之恩，接之以新人之敬，所以不復讓者，士信於知己也⓫。」太子曰：「田先生今無恙⓬乎？」軻曰：「光臨送軻之時，言太子戒⓭以國事，恥以丈夫而不見信，向軻吞舌而死矣。」太子驚愕失色，歔欷⓮

飲淚⑮曰：「丹所以戒先生，豈疑先生哉！今先生自殺，亦令丹自棄⑯於世矣。」茫然⑰良久，不怡⑱民氏日⑲。

【章旨】

此章敘荊軻初見太子時的情況：太子對荊軻大禮相迎，還詢問了田光的近況，當得知田光自殺時，內心無比哀痛。

【注釋】

❶自御虛左　一種表示尊敬的舉動。自御，言太子親自駕車。虛左，即空出車上左邊的座位。古時以左邊為上首。

❷軻援綏不讓　言荊軻毫不謙讓地拉住繩子上車。援，拉；引。綏，上車時作扶手用的繩子。讓，謂謙讓、客氣。

❸至坐定二句　言待荊軻下車坐下後，歡迎他的賓客坐滿了在場的所有座位。

❹褒揚　讚頌。
❺不世之器　意謂不是世上常有的人才。不世，非常；少有。
❻高行厲天　意謂品行像天一樣高。此極言品行高尚。厲，借為「戾」，達到的意思。
❼美聲　讚美之聲。
❽歷險不以為勤　言經歷了許多艱險，也不以為苦。勤，勞苦。
❾遐　遠。
❿舊故　老友。
⓫所以不復讓者二句　意謂我之所以對太子的禮遇不再謙讓，是因我以為在知己的面前，應該得到伸展。信與「伸」通。其用法古籍多見。
⓬無恙　無病。此表示問候。恙，疾病。
⓭戒　告誡。
⓮歔欷　或作「欷歔」，同「唏噓」。哭泣時呼吸急促的樣子。
⓯飲淚　哭泣時淚流入口，悲痛而哭不出聲的樣子。
⓰自棄　自我捨棄。此處是死去、離開人世的意思。
⓱茫然　謂精神迷茫、恍惚。
⓲不怡　不愉快。

⑲民氏日　不可解，疑文字有脫訛，有人認為「民氏」是「昏昏」之誤。

【語譯】

荊軻到了燕國，太子丹親自駕車並空出車上左邊的座位迎接他，荊軻也不客套，一拉繩子就上車坐下。等荊軻下車坐定後，已是賓客滿座。荊軻發言說：「田光讚揚太子的仁厚慈愛的風度，誇獎太子是天下不可多得的人才，而且品行高似藍天。總之，讚美太子的話可以不斷聽到。因此，我一出衛國的都城，望見通往燕國的道路，即使歷盡艱難險阻也不覺得辛苦，望著遙遠的路途也不感到漫長。今天，太子像對待老朋友一樣款待我，又像迎接新賓客那樣尊敬我。對此禮敬，我之所以不再謙讓，是因我以為在知己的面前，應該得到伸展。」太子說：「田先生現在還好嗎？」荊軻答道：「田光在為我送行、正要分別的時候說，太子曾告誡他不要洩露國家大事，他感到這是大丈夫不被信任的一種恥辱，便當著我的面咬掉自己的舌頭吞下死了。」太子聽後大為吃驚，臉色頓改，並痛哭流涕地說：「我告誡他，哪裏是懷疑他呢！而今田先生自殺了，實在使我沒法活在世上了。」太子心裏若有所失，很長時間還是悶悶不樂。

太子置酒❶請軻。酒酣❷，太子起為壽❸。夏扶前曰：「聞士無鄉曲❹之譽，則未可與論行❺；馬無服輿之伎❻，則未可與決良❼。今荊君遠至，將何以教太子？」欲微感之❽。軻曰：「士有超世之行者，不必合於鄉曲❾。馬有千里之相者，何必出於服輿？昔呂望❿當屠釣之時，天下之賤丈夫也；其遇文王，則為周師。騏驥之在鹽車，駑之下也⓫，及遇伯樂⓬，則有千里之功⓭。如此，在鄉曲而後發善⓮，服輿而後別良哉！」夏扶問荊軻：「何以教太子？」軻曰：「將令燕繼召公⓯之跡⓰，追甘棠之化⑰，高欲令四三王⑱，下欲令六五霸⑲，於君何如也⑳？」坐皆稱善㉑，竟酒無能屈㉒。太子甚喜，自以得軻，永無秦憂。

【章旨】

此章寫太子設宴款待荊軻時，夏扶故意給荊軻提出難題，荊軻卻對答如流，並當著眾人的面陳述了自己的遠大抱負，終於博得了眾人的稱讚。

【注釋】

❶置酒　設置酒宴。
❷酒酣　言酒喝得正暢快的時候。
❸為壽　向人敬酒，以表示祝人長壽。
❹鄉曲　鄉里，也指偏僻的鄉下。此句「聞」字提領以下四句。
❺論行　評論品行。

❻服輿之伎　拉車之技。

❼決良　判別好壞。決，判斷；區分。

❽欲微感之　想稍稍打動他。

❾士有超世之行者二句　言士有超越常人的品行，他不一定要獲得鄉里之人的讚同。合，此處謂與鄉人相得相宜。

❿呂望　即太公望，亦稱姜尚、姜太公。字牙（一作子牙），因其祖先封於呂，故又稱呂尚。呂尚年老貧困，曾「屠牛於朝歌，賣飲於孟津」（《史記・齊太公世家》司馬貞索隱轉引譙周注）。後又隱居渭濱，當時周文王姬昌為西方諸侯首領，在一次出獵途中，遇見呂尚在渭濱釣魚，文王與之交談後，十分欣賞他，說：「吾太公望子久矣。」就把他帶了回去，拜為太師。他後來幫助武王滅了紂王。

⓫騏驥之在鹽車二句　意謂良馬當它在拉鹽車的時候，連劣馬都不如。這裏用了伯樂相馬的故事。據《戰國策・楚策》載：一次，伯樂經過虞坂時，看見一匹老馬駕著鹽車，行駛在太行山下，腿骨被跌斷，伏在鹽車下掙扎，伯樂一看，是匹千里馬，伯樂難過地「下車攀而哭之」，並把自己的衣服解下來蓋在馬身上，馬於是「俯而噴，仰而鳴，聲達於天」。這個故事是說，傑出的人才，如不被人發現、使用，他就被埋沒。駑，劣馬。

⑫伯樂　秦穆公時人，善於相馬。

⑬功　能力。

⑭在鄉曲而後發善　這句前面當是省略了表示詰問的「豈必」二字。

⑮召公　即周文王庶子，武王之弟，名奭。武王滅紂，奭被封於燕，成為燕國第一代諸侯。

⑯跡　本義為腳跡，此處引申作餘業解。

⑰甘棠之化　指召公的德政、教化。傳說召公曾巡行鄉邑，在一棵甘棠樹下處理百姓的訴訟。召公死後，人民思慕他的善政，不忍砍伐這棵甘棠樹，還作〈甘棠〉詩一首來歌頌他（見《詩經．召南》）。

⑱高欲令四三王　意謂往高處說，想讓燕王的功業比得上三王，而與三王並列為四。三王，指夏禹王、商湯王、周文王（或將文王與武王合稱）。四，作動詞用，意思是與三王並列而成四。

⑲下欲令六五霸　意謂往低處講，想讓燕王的功業比得上五霸，而與五霸並列成為第六霸。五霸，春秋時的五個霸王，即齊桓公、晉文公、秦穆公、宋襄公、楚莊公。六，亦作動詞用，意思是與五霸並列而成六。

⑳於君何如也　君以為怎麼樣。

㉑坐皆稱善　言滿座的人都連連稱好。

㉒竟酒無能屈　言一直到酒喝完散席了，也沒有人能用話難倒荊軻。竟，盡；完。屈，謂使理屈詞窮。

【語　譯】

太子丹設置酒宴款待荊軻。當酒喝得正暢快的時候，太子丹站起來向荊軻敬酒。此時，夏扶走上前說：「我聽說一個人，如果在他的家鄉沒有什麼聲譽的話，就不可評論他的品行；一匹馬如果沒有拉過車，就不能判別它是好是壞。現在荊先生遠道而來，將幫太子做些什麼呢？」他想用這些話來稍稍打動荊軻，荊軻卻說：「一個人如果有出眾超群的品行，他不一定與鄉人相合而獲得聲譽；一匹馬如果有奔馳千里的本領，又何必只在拉車時顯現出來呢？姜太公呂望在以宰牛、釣魚營生的時候，可以說是天下最卑賤的人了；但等到他遇見周文王後，就成了周朝的太師。千里馬在拉鹽車的時候，連一般能力低下的劣馬都不如，但等到遇見伯樂以後，就顯出了奔跑千里的本事來。像這樣的事例，難道是一個人在鄉里有了名氣後才顯露出美好的品行，馬在拉過車後才可分出好壞嗎？」夏扶又問荊軻能為太子做些什麼事，荊軻回答說：「我將使燕王繼承召公的餘業，追念召公的善政；最高目標是讓燕王與三王功業齊同而成為第四王，最低目標是使燕王與五霸功業並列而成為第六霸。這些，你認為怎樣？」在座的人都連聲稱妙，一直到酒喝完，散了席，還沒有人能用話難倒他。太子十分高興，自以為得到了荊軻，燕國就可永遠不必擔憂秦國的威脅了。

後日，與軻之東宮❶，臨池而觀。軻拾瓦投鼃❷。太子令人奉槃金❸，軻用抵❹，抵盡復進。軻曰：「非為太子愛金也，但臂痛耳❺。」後復共乘千里馬。軻曰：「聞千里馬肝美。」太子即殺馬進肝。暨❻樊將軍❼得罪於秦，秦求之急❽，乃來歸太子，太子為置酒華陽❾之臺，酒中❿，太子出美人能琴者。軻曰：「好手琴者⑪！」太子即進之。軻曰：「但愛其手耳。」太子即斷其手，盛以玉槃奉之。太子常與軻同案而食，同牀而寢⑫。

【章旨】

此章敘太子丹對荊軻待遇優厚，一切順從荊軻的意願。

【注釋】

❶東宮　古代為太子所居之宮。《詩經．衛風．碩人》有云：「東宮之妹，邢侯之姨。」孔穎達疏曰：「太子居東宮。」東宮又指諸侯妾媵所居之宮。《公羊傳》僖公十二年：「有西宮則有東宮矣。」注云：「左媵居東宮。」此處東宮蓋指妾媵所居之地。

❷拾瓦投鼁　謂撿瓦塊擲擊青蛙。鼁，「蛙」的古文。一本作「鼃」。

❸奉槃金　言捧著用盤子裝的黃金。奉，捧。槃，同「盤」。

❹抵　投擲。

❺非為太子愛金也二句　言我之所以不復投擲，並不是替太子珍惜金子，而是因為自己的臂膀投擲痛了。這是荊軻告說不再投擲的緣故。愛，吝惜。但，只是。

❻暨　至；及。

❼樊將軍　即樊於期，原為秦將，得罪於秦王，其父母宗族皆被殺害，後逃至燕國避難，秦王乃懸賞捉拿他。

❽秦求之急　言秦王急於捉捕樊於期。求，猶言追捕。

❾華陽　臺名。

❿酒中　謂酒喝至中途。

⓫好手琴者　此句可顛倒一下理解，即解為「琴者好手」，意謂彈琴人的手很漂亮。好，姣美。

⓬太子常與軻同案而食二句　是說太子待軻十分優厚。據《史記・刺客列傳》載：太子還曾「尊荊卿為上卿，舍上舍。太子日造門下，供太牢（按指牛羊等肉食），具異物，間進車騎、美女，恣荊軻所欲，以順適其意」。

【語　譯】

過了幾天，太子丹和荊軻來到東宮，一同在池塘邊觀賞。荊軻於是撿了塊瓦片擲擊青蛙。太子見後，立即叫人捧上一盤金子，荊軻就用金子擲打青蛙，擲完了一盤金子，太子又令人送上一盤。荊軻最後不擲了，說：「我不擲，並不是替您愛惜金子，只是因為我的臂膀擲疼了。」然後太子又和荊軻一起乘坐千里馬，荊軻說道：「聽說千里馬肝的味道很美。」太子丹立刻殺了千里馬，取出馬肝送給他吃。不久，樊將軍樊於期得罪了秦王，秦王急於捉拿他，他便投奔到太子丹這裏避難，太子丹便在華陽臺設宴招待他。喝酒之中，太子丹叫會彈琴的美女出來助興，荊軻說：「彈琴美人的手真漂亮！」太子丹聽後立即把彈琴美女送給他。荊軻又說：「我只是喜歡她那雙手而已。」太子丹又馬上砍斷了彈琴美人的手，用玉盤裝著送給他。太子丹還常常與荊軻同桌吃飯，同牀睡覺。

後日，軻從容❶曰：「軻侍太子，三年於斯矣。而太子遇軻甚厚：黃金投鼃，千里馬肝，姬人好手，盛以玉槃，凡庸人當之❷，猶尚樂出尺寸之長❸，當犬馬之用，今軻常侍君子之側，聞烈士❹之節，死有重於泰山，有輕於鴻毛者，但問用之所在耳❺。太子幸教之！」太子斂袂❻正色❼而言曰：「丹嘗游秦，秦遇丹不道❽，丹恥與俱生。今荊君不以丹不肖，降辱小國，今丹以社稷干長者❾，不知所謂❿。」軻曰：「今天下彊⓫國，莫彊於秦。今太子力不能威諸侯，諸侯未肯為太子用也。太子率燕國之眾而當⓬之，猶使羊將狼⓭，使狼追虎耳。」太子曰：「丹之憂計久，不知安出。」軻曰：「樊於期得罪於秦，秦求之急。又督亢⓮之地，秦所貪也。今得樊於期首⓯、督亢地圖，則事可成也。」太子曰：「若事可成，舉⓰燕國而獻之，丹甘心焉。樊將軍以窮歸我⓱，而丹賣之，心不忍也。」軻默然不應❻。

【章　旨】

此章寫荊軻感於太子的禮遇之恩，決計承擔入秦刺殺秦王的重任，並向太子提出了有關行刺的一些具體設想。

【注　釋】

❶從容　不慌不忙的樣子。

❷當之　言享受優厚之待遇。

❸樂出尺寸之長　謂樂於獻出自己微薄的才能。尺寸之長，喻能力低微。

❹烈士　指那種積極建功立業、視死如歸的人。

❺但問用之所在耳　意謂只看其為何而死。問，考察。

❻斂袂　言整理衣袖，表示恭敬。斂，一本作「劍」，誤。袂，衣袖。

❼正色　謂神色嚴肅。

❽不道　猶云「不義」。
❾以社稷干長者　以國家大事求託於德高望重的人。社稷，代指國家。干，求請，略同口語中「拜託」一詞的意思。長者，指德行高尚之人，此處指荊軻。
❿不知所謂　意即不知該說些什麼。
⓫彊　同「強」。
⓬當　抵抗。
⓭使羊將狼　言讓羊率領狼。言外之意是羊必然被狼吃掉。「使羊將狼」及下文「使狼追虎」均喻事情必遭失敗。將，帶領。
⓮督亢　地名，在燕國南部，土地肥美，其地在今河北涿縣、定興、新城一帶。
⓯首　頭。
⓰舉　全。
⓱以窮歸我　謂因為走投無路來投奔我。以，因為。窮，謂無路可走。

【語　譯】

又過了些天，荊軻神色泰然地對太子丹說：「我在這裏侍候太子，已經三年時間了。太子給我的待遇十分優厚：讓我用黃金投擲青蛙，取千里馬肝給我吃，砍斷美女漂亮的手裝在玉盤裏送給我。就是平常人享受了這種恩惠，也會樂意獻出自己一點力量，以效犬馬之勞。而今，我常在您身邊侍奉，聽說過那些建功立業、視死如歸的人死於氣節，其死的意義有的比泰山還重，但有的比鴻毛還輕，這只看他們為什麼而死了。在這個問題上，還請太子多多指教！」太子丹整了整衣袖，神色嚴肅地說：「我曾經在秦國做過人質，秦王待我很無禮，我感到與他同時活在世上是一種恥辱。現在，您不因為我燕丹不賢，而受著委屈來到我們這個小國，我就把國家大事拜託給您這位德行高尚的人了，我真不知說些什麼才好。」荊軻說：「現在天下的強國，再沒有比秦國更強大的了。現在太子的力量還不足以威鎮諸侯，而諸侯們也不願意為太子出力幫忙。因此，太子如果率領燕國的民眾與秦國對抗，那就像使羊率狼、讓狼追虎一樣，不可能取得成功。」太子說：「我已經憂慮很長時間了，就是不知道計從何出。」荊軻回答說：「樊於期得罪了秦王，秦王現在急於捉拿他；此外，燕國督亢這塊土地，秦國早就打著它的主意。因此，現在如能拿到樊於期的腦袋和督亢地圖，那麼謀刺秦王的大事就可獲得成功。」太子丹說：「如果事情能夠成功，就是把整個燕國奉獻出來，我也心甘情願。只是樊將軍因為走投無路來投靠我，而我卻出賣他，真有些不忍心呀！」荊軻聽後默不作聲。

居五月❶，太子恐軻悔，見軻曰：「今秦已破趙國，兵臨燕❷，事已迫急，雖欲足下❸，計安❹施之？今欲先遣武陽，何如？」軻怒曰：「何太子所遣？往而不返者，豎子也❺！軻所以未行者，待吾客耳❻。」

【章旨】

此章寫太子丹催促荊軻入秦，以迅速施行謀刺計劃。

【注釋】

❶居五月　謂過了五個月。居，用在表時間的詞語前面，表示相隔了一段時間，其義較虛。

❷今秦已破趙國二句　此謂當時局勢較為險急。據《史記・刺客列傳》載：秦國將領王翦於秦王政十九年（西元前二二八年）帶兵攻下趙國，虜走趙王，盡收趙國土地；後又進兵向北侵占土地，屯兵於燕國的南面疆界。

❸雖欲足下　此句義不可通，疑文字有脫漏。《史記・刺客列傳》此處作「雖欲長侍足下」。可見「雖欲」之下當有「長侍」二字。

❹安　疑問詞，意為怎麼、哪裏。上文「丹之憂計久，不知安出」中的「安」，義亦同此。

❺何太子所遣三句　言太子為什麼要派遣這樣的人呢？這去而不能完成使命的人，是無能之輩。往而不返者，意謂派遣去了就不能回來的，實指不能復命的人。豎子，即童子，小子，此指不能成就大事的無用之人。這是罵人的話。

❻軻所以未行者二句　是交代未能成行的原因。據《史記・刺客列傳》載：荊軻久未動身去秦國，是想等著他的客人來後一同前行的，但是這客人住在很遠的地方，荊

軻等了很久不見他來。

【語譯】

過了五個月時間，太子恐怕荊軻改變入秦行刺的主意，便會見荊軻，對他說：「目前秦國已經攻破了趙國，又出兵到燕國，形勢已經很緊迫了。我雖想長期奉侍您，可又怎麼能想得出辦法呢？我想現在先讓武陽去秦國，你覺得怎樣？」荊軻聽後大怒，說：「太子為什麼要派這樣的人去呢？這都是些有去無回、不能成事的無用之輩呀！我之所以至今沒有動身去秦國，是在等待我的朋友啊！」

於是軻潛❶見樊於期曰：「聞將軍得罪於秦，父母妻子❷，皆見焚燒，求❸將軍，邑萬戶❹，金千斤。軻為將軍痛之。今有一言❺，除將軍之辱，解燕國之恥，將軍豈有意乎？」於期曰：

「常念之，日夜飲泣，不知所出❻，荊君幸教，願聞命矣。」軻曰：「今願得將軍之首，與燕督亢地圖，進之，秦王必喜。喜必見軻，軻因左手把其袖❼，右手揕❽其胸，數以負燕之罪❾，責以將軍之讎❿，而燕國見陵雪⓫，將軍積忿之怒除矣。」於期起，扼腕⓬執刀曰：「是於期日夜所欲，而今聞命矣。」於是自剄⓭，頭垂背後，兩目不瞑。太子聞之，自駕馳往，伏於期屍而哭，悲不自勝⓮。良久，無奈何，遂函盛⓯於期首與燕督亢地圖以獻秦。武陽為副。

【章　旨】

此章敘荊軻暗地會見於期時，以秦王之殘暴激怒他，並將自己的謀刺計劃告之，於期慷慨自刎，獻出頭顱，以成全荊軻謀刺行動。

【注　釋】

❶潛　暗中。

❷妻子　謂妻室兒女。

❸求　捉拿之意。

❹邑萬戶　謂封給萬戶之城。邑，城，此用作動詞。

❺一言　猶云「一法」。

❻不知所出　意謂不知計從何出。

❼把其袖　抓住其衣袖。

❽揕　刺。

❾數以負燕之罪　言一一列舉秦王虧待燕國的罪狀。

❿責以將軍之讐　言責備秦王殺害樊於期全家的罪過。讐，或作「讎」，同「仇」。

⓫燕國見陵雪　意謂燕國被欺侮的恥辱得到昭雪。《史記・刺客列傳》此作「燕見陵之愧除矣」。按文義《燕丹子》此處「見陵」之下應有「之愧」二字。見陵，被欺。

⓬搤腕 用一隻手握住另一隻手的腕部，表示忿激。搤，音義同「扼」，意為握住。

⓭自剄 用刀割頸自殺。

⓮勝 能承受。

⓯函盛 用木匣裝著。

【語譯】

於是，荊軻暗中會見於期，說：「聽說將軍得罪了秦王，父母和妻子兒女都被燒死，秦王懸出了萬戶封侯、千斤黃金的重賞捉拿您。我為您感到痛心。我現在有個辦法能使您的羞辱得到解除、燕國的奇恥得到雪洗，您願意去做嗎？」樊於期說：「我也常常想著報仇雪恨，並且白天黑夜暗自哭泣，就是不知該怎麼辦，有幸得到先生的指教，我願聽從您的命令。」荊軻說：「我現在想得到您的腦袋和燕國的督亢地圖一併獻給秦國，想必秦王一定高興；他一高興，必定會接見我。到那時，我就乘機用左手抓住他的衣袖，右手拔劍擊刺他的胸膛，並一一列舉他虧待燕國的罪狀，指斥他殺害您全家的冤仇。這樣，燕國被欺侮的恥辱就可得到洗雪，您胸中長期鬱積的忿怒也就可以解除了。」樊於期站了起來，忿激地握住自己的手、拿起刀說：「這正是我日思夜想的，現在我就按您的旨意去做。」於是，他就割斷自己的脖子，頭垂到背後，睜著兩眼死去了。太子知道此事後，親自駕車趕來，伏在樊於期的屍體上大聲痛哭，悲痛得難以自持。過了很久，太子感到人死無法再活，便用匣子裝著樊於期的頭顱和燕國的督亢地圖叫荊軻去獻給秦國，並派武陽作荊軻的副手。

荊軻入秦，不擇日而發。太子與知謀者❶，皆素衣冠❷，送之易水之上。荊軻起為壽，歌曰：「風蕭蕭兮易水寒，壯士一去兮不復還！」高漸離擊筑❸，宋意和之❹。為壯聲則髮怒衝冠，為哀聲則士皆流涕。二人皆升車❺，終已不顧也❻。二子行過，夏扶當車前刎頸以送二子。

【章旨】

此章寫太子等人為荊軻、武陽送行的悲壯場面：荊軻舉杯敬酒，眾人引吭悲歌，夏扶刎頸送別。

【注釋】

❶知謀者　指知道刺殺秦王之謀的人。

❷皆素衣冠　都穿著白衣，戴著白帽。白衣冠是喪服，一以表示悲哀如送喪弔孝；一以表示激勵，要下必死之決心。

❸高漸離擊筑　高漸離是荊軻的好友，善於擊筑。曾在燕國以殺狗為業。荊軻死後，高漸離變其姓名，做人雇傭的酒保，秦始皇知道後，弄瞎了他的雙眼，使其擊筑。他利用擊筑之機，接近秦王，將鉛放在筑中，擊秦王，不中，被殺。筑，古代弦樂器，形狀似琴，頸細肩圓，有十三弦，弦下有柱，演奏時，左手按弦，右手執竹尺擊弦發音。

❹和之　跟著音樂而唱和。

❺升車　上車。

❻終已不顧　始終不再回頭一看。這是描繪荊軻勇往直前、意志堅定的樣子。已，語助詞，無義。顧，回頭看。

【語譯】

荊軻進入秦國，也不選擇日子就出發了。太子和知道這一計謀的人都穿著白衣、戴著白帽，在易水邊上為他們送行。荊軻站起來為眾人敬酒，並悲歌道：「風蕭蕭啊易水清冷，壯士這一去啊就再也不回！」高漸離敲擊著筑弦，宋意隨著他的筑聲唱和著。發出的悲壯之聲，使人怒髮衝冠；發出的哀痛之聲，則叫人雙淚橫流。然後，荊軻和武陽都上了車，連頭也不回就走了。當車子從夏扶跟前走過時，夏扶對著車子割斷了自己的脖子為他們送行。

行過陽翟❶，軻買肉，爭輕重❷，屠者辱之，武陽欲擊，軻止之。

【章旨】

此章敘述荊軻路過陽翟時的情況。

【注釋】

❶陽翟　古地名。戰國時韓國的都城，故址在今河南省禹縣。

❷爭輕重　為斤兩之多少而爭吵。

【語譯】

荊軻和武陽經過韓國的都城陽翟時，荊軻買肉，為斤兩與賣肉人發生了爭吵，賣肉人侮辱他，武陽想大打出手，荊軻制止了他。

西入秦，至咸陽❶，因中庶子❷蒙❸白❹曰：「燕太子丹畏大王之威，今奉樊於期首與督亢地圖，願為北藩臣妾[5]。」秦王喜，百官陪位[6]，陛戟數百[7]，見燕使者。軻奉[8]於期首，武陽奉地圖。鐘鼓竝發，群臣皆呼萬歲。武陽大恐，兩足不能相過[9]，面如死灰色。秦王怪之。軻顧[10]武陽，前謝曰[11]：「北藩蠻夷之鄙人，未見天子，願陛下少假借之[12]，使得畢事於前[13]。」秦王謂軻曰：「取圖來進。」秦王發圖，圖窮而匕首[14]出，軻左手把秦王袖，右手揕其胸，數之曰：「足下負燕日久，貪暴海內，不知厭足[15]。於期無罪而夷其族[16]。軻將[17]海內報讎。今燕王母病，與軻促期[18]。從吾計則生，不從則死[19]！」秦王曰：「今日之事，從子計耳。乞聽琴聲而死。」召姬人[20]鼓琴。琴聲曰：「羅縠單衣[21]，可掣而絕[22]。八尺屏風，可超而越。鹿盧[23]之劍，可負而拔。」軻不解音。秦王從琴聲負劍拔之[24]，於是奮袖[25]超屏風而走。軻拔匕首擲之，決秦王耳[26]，入銅柱，火出燃。秦王還，斷軻兩手。軻因倚柱而笑，箕踞[27]而罵曰：「吾坐輕易[28]，為豎子所欺，燕國之不報，我事之不立[29]哉！」

【章旨】

此章敘荊軻、武陽在秦宮行刺秦王的經過：荊軻借獻於期首級和督亢地圖之機，準備刺殺秦王，秦王詭稱聽琴而逃脫，荊軻最後反為秦王所害。

【注釋】

❶咸陽　地名。秦國的都城，在今陝西省咸陽市東北。

❷中庶子　官名。秦始置，主管宮中雜務。

❸蒙　人名。《史記》作蒙嘉。《漢書‧鄒陽傳》有云：「秦皇帝任中庶子蒙之言，以信荊軻，而匕首竊發。」顏師古注曰：「蒙者，庶子名也。今流俗書本蒙下輒加恬字，非也。」

❹白　稟告。

❺願為北藩臣妾　意謂願作北方藩國的奴僕。藩國，屬國。臣妾，奴僕之意。

❻陪位　陪侍。

❼陛戟數百　言數百名武士持戟排列在殿階兩旁。陛，殿階。

❽奉　捧。

❾兩足不能相過　謂武陽兩腿不能向前移動。此極言其恐懼緊張。

❿顧　回頭看。

⓫前謝曰　謂荊軻走向秦王前道歉說。

⓬願陛下少假借之　希望陛下稍稍寬容一下。陛下，臣民對天子的稱呼。少，通「稍」。假借，寬恕。

⓭使得畢事於前　意謂讓他在大王面前完成其使命。畢事，《戰國策》和《史記》均作「畢使」。孫星衍《燕丹子敘》云：「古文『使』，亦『事』字。」

⓮匕首　短劍。

⑮厭足　滿足。厭，通「饜」。

⑯夷其族　滅了他的親族。夷，誅滅。夷族，是古代殘酷的株連法。

⑰將　猶言「將為」。有人認為「將」下脫漏了「為」字。

⑱與軻促期　言太子給荊軻限定了行刺的日期。太子之所以「與軻促期」，蓋因太子想趁其母在世之日向秦復仇。

⑲從吾計則生二句　由這兩句來看，太子派刺客入秦，開始還是想生劫脅迫秦王。據《史記》載：太子先是想劫得秦王，逼迫他答應歸還侵略所得的各國土地。秦王如不答應，然後再刺殺之，以引起秦國內外之亂。

⑳姬人　宮女。

㉑羅縠單衣　指用非常細薄的紗綢做的單衣。羅，一種稀疏而輕軟的絲織品。縠，即今之縐紗。

㉒可掣而絕　可以扯斷。這是提醒秦王掙脫荊軻所抓衣袖而逃走。

㉓鹿盧　古時劍柄鑲嵌玉石作鹿盧（即轆轤）形者，稱鹿盧劍。《漢書·雋不疑傳》有云：「帶櫑具劍。」晉灼注曰：「古長劍首以玉作井鹿盧形，上刻木作山形，如蓮花初生未敷時。今大劍木首，其狀似此。」鹿盧，同「轆轤」。本為井上打水用的絞車。

㉔秦王從琴聲負劍拔之　言秦王聽從琴曲的提示，把劍推到背上拔了出來。古時，長劍繫於腰間，平時豎直下垂，故拔時如豎拿則劍不易出鞘；如果彎腰把劍推到背上去，把劍倒過頭來，這樣才順手得力，劍雖長也容易拔出。
㉕奮袖　謂秦王舉起衣袖掙脫荊軻的糾纏。奮，振起。
㉖決秦王耳　穿破了秦王的耳朵。
㉗箕踞　伸足坐在地上，兩腳叉開，其狀像箕，故稱「箕踞」。這是一種表示傲慢不敬的姿態。
㉘吾坐輕易　意謂我把事情看得太輕易了。坐，因為，與唐杜牧詩句「停車坐愛楓林晚」中的「坐」字義同。
㉙我事之不立　言我今日之事未能成功。

【語譯】

向西走，進入了秦國。到達秦國咸陽時，荊軻他們便通過秦中庶子蒙稟告秦王說：「燕國太子丹畏懼大王的聲威，現在派人獻上樊於期的首級和燕國督亢地圖，情願作秦國北方屬國的奴僕。」秦王聽後十分高興，於是召集文武百官陪侍，吩咐數百名衛士持戟列於殿階之下，準備接見燕國使者。荊軻捧著於期的頭顱，武陽端著督亢地圖，進入了大殿。此時，殿上鐘鼓齊鳴，秦國群臣同聲高喊秦王萬歲。武陽見了這場合非常害怕，嚇得兩腳都不敢向前移動，臉色如死灰一樣慘白。秦王見他這樣，感到十分奇怪。荊軻回頭看了看武陽，走到秦王面前抱歉地說：「他是北方蠻夷之地的粗人，從未見過天子，希望陛下對他稍稍寬容一些，好讓我們把奉獻禮物的使命完成。」秦王對荊軻說：「把地圖拿來獻上。」秦王打開荊軻獻上的地圖，等地圖全部展開時，匕首露了出來。荊軻於是用左手一把抓住秦王的衣袖，右手拿起匕首對著秦王的胸口，數落其罪行說：「你欺負燕國很長時間了；你在四海之內貪婪凶暴，不知滿足；樊於期無罪，你卻殺了他全家。我荊軻將要為天下受你所害的人報仇。現在燕王的母親病危，太子已給我限定了復仇的日期。你如聽從我所說的，就讓你活；不聽從就要你死！」秦王說：「今天的事，就聽您的了。只請求您讓我聽聽琴曲再死。」於是，叫來宮女演奏琴曲。琴曲的意思是：「紗綢做成的單衣，一扯就可撕斷；八尺高的屏風，一跨就可越過；鹿盧長劍，推到背上可以拔出。」荊軻不明白琴曲的意思，而秦王卻依照琴聲的暗示，把劍負在背上拔了出來，並用力舉起衣袖掙脫荊軻的拉扯，跨過屏風就準備逃走。荊軻舉起匕首朝秦王投了過去，匕首刺穿了秦王的耳朵，而後就插進了銅柱之中，引得火星四濺。秦王轉回來，砍斷了荊軻的兩隻手。荊軻倚靠著柱子大笑起來，伸開了兩腿，坐在地上，大聲罵道：「我只因把事情看得太容易了，才被你這小子欺騙，致使燕國的仇恨沒有報，我的舉事也沒有成功！」

附錄

劉安《淮南子・泰族》

荊軻西刺秦王，高漸離、宋意為擊筑而歌於易水之上，聞者莫不瞋目裂眦，髮植穿冠。

劉向《列士傳》

荊軻發後，太子相氣，見白虹貫日不徹，曰：「吾事不成矣！」後聞軻死，太子曰：「吾知其然也。」

按：此引自《文選》卷三九鄒陽〈獄中上書自明〉李善注。

王充《論衡》

傳書言燕太子丹朝於秦，不得去。從秦王求歸，秦王執留之，與之誓曰：「使日再中、天雨粟，令烏白頭、馬生角、廚門木象生肉足，乃得歸。」當此之時，天地祐之，日為再中，天雨粟、烏白頭、馬生角，廚門木象生肉足，秦王以為聖，乃歸之。此言虛也。燕太子丹何人，而能動天？聖人之拘，不能動天；太子丹，賢者也，何能致此？……太史公曰：「世稱太子丹之令天雨粟、馬生角，大抵皆虛言也。」

按：以上見〈感虛篇〉。

因類以及，荊軻刺秦王，白虹貫日；衛先生為秦畫長平之計，太白食昴：復妄言也。夫豫子謀殺襄子，伏於橋下，襄子至橋心動；貫高欲殺高祖，藏人壁中，高祖至柏人亦動心。二子欲刺兩主，兩主心動。實論之，尚謂非二子精神所能感也。而況荊軻欲刺秦王，秦王之心不動而白虹貫日乎？然則白虹貫日，天變自成，非軻之精為虹而貫日也。

按：上見〈變動篇〉。

傳書又言：燕太子丹使刺客荊軻刺秦王不得，誅死。後高漸麗復以擊筑見秦王，秦王說之，知燕太子之客，乃冒其眼，使之擊筑。漸麗乃置鉛於筑中以為重，當擊筑，秦王膝進不能自禁，漸麗以筑擊秦王顙。秦王病傷，三月而死。夫言高漸麗以筑擊秦王，實也；言中秦王，病傷三月而死，虛也。

按：以上見〈書虛篇〉。

蕭繹《金樓子》

田光、鞠武俱往候荊軻。燕太子以武陽性好彈，太子為作金丸。

燕田光、鞠武往候荊軻，軻時飲酒醉臥。光等唾其耳中而去。軻醉覺，問曰：「誰唾我耳？」婦曰：「燕太子師傅向來，是二人唾之。」軻曰：「出口入耳，此必大事。」

燕田光、鞠武俱往候荊軻，軻在席擊筑而歌，莫不髮上穿冠。

按：上見〈雜記篇〉。

酈道元《水經注》

闞駰稱太子丹遣荊軻刺秦王，與賓客知謀者祖道於易水上。《燕丹子》稱荊軻入秦，太子與知謀者皆素衣冠送之於易水之上，荊軻起為壽，歌曰：「風蕭蕭兮易水寒，壯士一去兮不復還。」高漸離擊筑，宋如意和之，為壯聲，士髮皆衝冠；為哀聲，士皆流涕。疑於此也。余按遺傳舊跡多在武陽，似不餞此也。

按：此見《水經注》卷十一。

《三秦記》

荊軻入秦為燕太子報讎，把秦王衣袂，曰：「寧為秦地鬼，不為燕地囚？」王美人彈琴作語曰：「三尺羅衣何不掣？四尺屏風何不越？」王因掣衣而走，得免。

按：此引自《太平御覽》卷七〇一。

李翱〈題燕太子丹傳後〉

荊軻感燕丹之義，函匕首入秦劫始皇，將以存燕寬諸侯，事雖不成，然亦壯士也。惜其智謀不足以知變識機。始皇之道，異於齊桓。曹沫功成，荊軻殺身，其所遭者然也。及欲促檻車，駕秦王以如燕，童子婦人且明不能，而軻行之，其弗就也，非不幸。燕丹之心，苟可以報秦，雖舉燕國猶不顧，況美人哉！軻不曉而當之，陋矣。

《新雕注胡曾詠史詩》

一旦秦皇馬角生，燕丹歸此送荊卿。行人欲識無窮恨，聽取東流易水聲。

注：《後語》云：「昔燕太子名丹，入質於秦。秦皇不禮，太子怨。後燕王病，太子請歸侍養，秦王不聽，乃謂曰：『馬生角，乃放子還。』太子志感馬生角，秦王乃放太子還燕。太子由是怨秦王，謀欲挾客之，謂壯士田光，光曰：『聞騏驥少壯，日行千里，乃其老矣，駑馬先之。光今年老，慮不濟事。衛人荊軻志勇，願為太子結之。』太子乃贈千金，詔軻，軻喜而行，光謂軻曰：『願速報太子囑勿洩，光致死以不洩。』乃枳輪而死。軻至燕，燕太子甚敬重之，乃言入秦之事。軻云：『欲要燕地圖進之。』又要秦將樊於期首進。太子曰：『地圖可，於期首不可。但於期事窮投寡人，寡人不忍殺之。』軻乃私謂於期曰：『將軍得罪於秦人，家族盡被秦誅滅。今秦構千金、邑萬戶，求將軍頭。今願得將軍首，并燕地圖而進秦王，秦王必喜，軻得近而刺殺之，以報將軍之讎，答太子恥。』於期乃自刎。太子……遂乃以函盛之，詔士十人，以秦武陽為使。太子與賓餞送至易水之上，置酒大宴，高漸離擊筑，宋意知為

壯之聲。感悲歌，眾皆涕泣，或慷愷髮上衝冠。」《文選》云：「荊軻擊劍而歌曰：『風蕭蕭兮易水寒，壯士一去兮不復還。』士皆淚。荊軻至秦，乃進地圖，王乃以御掌接之。武陽捧於期首盛，戰懼不敢進。軻乃復取進之，秦王又以御掌接之。軻乃擒秦王袖，秦王大驚。軻謂曰：『欲作秦地之鬼？欲作燕國之囚？』秦王懼死，答云：『願為燕國囚。』軻乃不煞。秦王謂軻曰：『請與別後宮。』軻許，遂置酒與軻飲。秦宮女乃鼓琴送酒，琴曲中歌云軻醉，教王掣御袖越屏走。軻不會琴音，而秦王會之，遂掣袖而走，軻以匕首擊之，不中，中銀柱，火出。軻大笑，秦王左右遂煞荊軻……」

按：《胡曾詠史詩》原為鈔本，文字多錯譌。注引《後語》，疑即孔衍《春秋後語》，此書今佚。注引《文選》之語，與今本《文選》有異。

後　記

早在十年以前，我還是一個大學生的時候，就曾讀過《燕丹子》這部小說，並對它產生了較濃的興趣。那時，我深深地為這部小說動人心魄、富於傳奇色彩的情節，性格鮮明突出的人物形象，古雅簡鍊的敘事語言所吸引，並認為在我國小說創作還不發達的先秦時期，出現像《燕丹子》這樣趨於成熟的小說，是一大奇跡。今年春，三民書局的編輯先生們，邀約我參加古籍的注譯工作，我便欣然地接受了《燕丹子》這部小說的注譯任務。在注譯過程中，我悉心研讀原文，廣泛參閱資料，試圖使這個注譯本臻於較為完善的境界。但是，限於我個人的學識、水平，雖力求盡善，諒難周全，錯誤、疏漏之處在所難免，尚祈博雅君子，不吝賜教。

在注譯《燕丹子》的過程中，得到了恩師溫洪隆教授、李廣柏教授的指教和支持，在此謹致謝忱。

曹海東

乙亥年識於桂子山

古籍今注新譯叢書書目

中國人的第一次——

絕無僅有的知識豐收、視覺享受

集兩岸學者智慧菁華

推陳出新　字字珠璣　案頭最佳讀物

【哲學類】

書名	注譯	校閱
新譯人物志	陳菊先	
新譯尹文子	徐忠良	黃俊郎
新譯抱朴子	李中華	黃志民
新譯淮南子	熊禮匯	侯迺慧
新譯潛夫論	彭丙成	
新譯鄧析子	徐忠良	
新譯燕丹子	曹海東	李振興
新譯韓非子	賴炎元	

書名	注譯	校閱
	傅武光	
新譯尸子讀本	水渭松	
新譯四書讀本	謝冰瑩	
	邱燮友	
	李　鍌	
	劉正浩	
	賴炎元	
	陳滿銘	
新譯申鑒讀本	林家驪	周鳳五
	周明初	
新譯老子讀本	余培林	
新譯列子讀本	莊萬壽	
新譯孝經讀本	賴炎元	
	黃俊郎	
新譯易經讀本	郭建勳	黃俊郎
新譯荀子讀本	王忠林	

書名	注譯	校閱
新譯莊子讀本	黃錦鋐	
新譯新書讀本	饒東原	
新譯新語讀本	王　毅	黃俊郎
新譯管子讀本	湯孝純	李振興
新譯墨子讀本	李生龍	李振興
新譯論衡讀本	蔡鎮楚	周鳳五
新譯禮記讀本	姜義華	
新譯孔子家語	羊春秋	周鳳五
新譯公孫龍子	丁成泉	黃志民
新譯老子解義	吳　怡	
新譯呂氏春秋	朱永嘉	黃志民
	蕭　木	
新譯晏子春秋	陶梅生	
新譯明夷待訪錄	李廣柏	李振興

【文學類】

書名	注譯	校閱
新譯千家詩	邱燮友	
	劉正浩	
新譯搜神記	黃鈞	陳滿銘
新譯薑齋集	平慧善	
新譯昭明文選	崔富章	陳滿銘
	朱宏達	沈秋雄
	周啟成	黃俊郎
	張金泉	黃志民
	水渭松	周鳳五
	伍方南	高桂惠
新譯漢賦讀本	簡宗梧	
新譯楚辭讀本	傅錫王	
新譯人間詞話	馬自毅	高桂惠
新譯文心雕龍	羅立乾	李振興
新譯世說新語	邱燮友	

書名	注譯	校閱
新譯古文觀止	劉正浩	
	陳滿銘	
	許錟輝	
	黃俊郎	
	謝冰瑩	
	邱燮友	
	林明波	
	左松超	
	應裕康	
	黃俊郎	
	傅武光	
新譯江文通集	羅立乾	
新譯阮步兵集	林家驪	
新譯春秋繁露	姜昆武	
新譯曹子建集	曹海東	
新譯陸士衡集	王雲路	
新譯陶淵明集	溫洪隆	

書名	注譯	校閱
新譯陶庵夢憶	李廣柏	
新譯揚子雲集	葉幼明	
新譯嵇中散集	崔富章	
新譯賈長沙集	林家驪	
新譯橫渠文存	張金泉	
新譯顧亭林集	劉九洲	
新譯元曲三百首	賴橋本	
	林玫儀	
新譯宋詞三百首	汪　中	
新譯唐詩三百首	邱燮友	
新譯諸葛丞相集	盧烈紅	
新譯駱賓王文集	黃清泉	
新譯昌黎先生文集	周啟成	
	周維德	
新譯范文正公文集	王興華	
	沈松勤	

【歷史類】

書名	注譯	校閱
新譯列女傳	黃清泉	陳滿銘
新譯越絕書	劉建國	
新譯戰國策	溫洪隆	陳滿銘
新譯尚書讀本	吳　璵	
新譯國語讀本	易中天	侯迺慧
新譯新序讀本	葉幼明	黃沛榮
新譯說苑讀本	左松超	
新譯說苑讀本	羅少卿	周鳳五
新譯西京雜記	曹海東	李振興
新譯吳越春秋	黃仁生	李振興
新譯東萊博議	李振興	
	簡宗梧	

軍事類

書名	注譯	校閱
新譯司馬法	王雲路	
新譯尉繚子	張金泉	
新譯三略讀本	傅傑	
新譯六韜讀本	鄔錫非	
新譯吳子讀本	王雲路	
新譯孫子讀本	吳仁傑	
新譯李衛公問對	鄔錫非	

政事類

書名	注譯	校閱
新譯商君書	貝遠辰	
新譯鹽鐵論	盧烈紅	黃志民
新譯貞觀政要	許道勳	陳滿銘

教育類

書名	注譯	校閱
新譯三字經	黃沛榮	
新譯幼學瓊林	馬自毅	陳滿銘
新譯顏氏家訓	李振興、黃沛榮、賴明德	

地志類

書名	注譯	校閱
新譯洛陽伽藍記	劉九洲	侯迺慧